乙女ゲームの悪役令嬢に転生したら、ラスボスの闇の王に熱烈に口説かれました

蒼磨 奏

✦

Illustration

鈴ノ助

gabriella books

乙女ゲームの悪役令嬢に転生したら、ラスボスの闇の王に熱烈に口説かれました

contents

プロローグ

それは台風一過の、よく晴れた初夏の日だった。

恋人とのデート中に、たまたま建築途中のビルの横を通った時のこと。

ガラガラッ！

突然、頭上で大きな音がして振り仰（あお）いだ瞬間、鉄骨（てっこつ）の雨が降ってくるのが視界に飛びこんできた。

先日の台風のせいで上階に積んであった鉄骨が崩れてきたのだろう。

気づいた時には逃げる時間もなく、私はただ茫然（ぼうぜん）と空を仰いで立ちすくむことしかできなかった。

前を歩いていた恋人も崩れた鉄骨に気づいて勢いよく振り返り、私の名を鋭く叫んだ。


「――っ！」


返事をする時間はなかった。どすんっという衝撃に見舞われ、そこから先の記憶はぷつりと途切れる。

再び目を覚ました時、私は上下左右すべて真っ白な空間でふわふわと浮いていた。

身体を自由に動かすことができずに朦朧（もうろう）とする意識の中、ここは天国なのだろうかと考えていたら、どこからか透き通った少女の声が聞こえてくる。

【――自分の人生に満足していましたか？】

声の主を捜そうとするが、首を動かすこともままならない。辛うじて声だけが出た。

「あなた……だれ……？」

【わたしはルナ】

――ルナって誰？　私はビルの前を歩いていて、鉄骨の下敷きになったはず。

【あなた、もう一度、新たな人生を送ってみませんか？】

――新たな人生ということは、私の人生は終わってしまったということなの？

前を歩いていた恋人に名前を呼ばれたところで、私の記憶は断たれている。

人を圧し潰す凶器に変貌した鉄骨の雨を避ける時間はなく、呆けたように天を仰いだのが最期の行動だったのかもしれない。

――ちょっと待ってよ、そんなの納得できない。

これまで、私は何の変哲もない人生を歩んできた。

ごく普通の家庭で育って学校へ通い、大学を卒業したら就職し、会社で出会った男性と恋人になった。

特別に叶えたい夢があるだとか、崇高な目標があるというわけではなかったが、大手商社の仕事にようやく慣れ始めて自分なりに精一杯生きてきたつもりだ。

だからこそ二十五年の人生があんな終わり方をしたなんて、受け入れがたい事実だった。

――それに、一緒にいた〝彼〟はどうしたの？　私だけじゃなく、彼も死んでしまったの？

次々と疑問が湧いてくるが、思考能力が極限まで低下していて現状の把握が難しい。

とにかく〝彼〟のことだけは訊いておかなくてはならないと、私は口を動かした。

「ねぇ……先に……私の質問に、答えて……彼は、どうなったの……？」

【彼、というのは、あなたと一緒にいた男性のことですか？　残念ながら……】

「死んだ、の？」

【…………】

無言は肯定。あの状況で、近くにいた彼――最愛の恋人も鉄骨の雨を避けることはできなかったのだ。

「……ルナ、だっけ……新たな人生が、どうとか、言っていたわね……」

【ええ。あなたが望むのなら、別の世界で新たな人生を送れるようにすることができます】

――私は、あんな終わり方は望んでいなかった。でも、たとえ新しい人生を与えられたとしても、大好きだった〝彼〟は死んでしまっている……それはイヤ。耐えられない。

「……もし、彼も、一緒なら……新しい人生を、やり直したい……だけど、それが、叶わないなら……このまま、彼と死ぬわ」

ルナの返答が途切れた。

逡巡か、それとも呆れ返っているのか、しばしの間があって、ルナがふっと息をつく。

【――こんな時でも、相手を想うのですね】

「え……？」

【分かりました。あなたの言う〝彼〟も、新たな人生を送れるようにしましょう。もともと、そのつもりでいましたから。ただし――】

謎の声が躊躇うように一度止まって、押し殺した声で続きを告げる。

【転生するためには、今のあなたにとって大切なものを、一つだけ代償として捧げなくてはなりません】

「今の私に、とって……大切な、もの……？」

【それが何なのかは、転生してみなければ分かりません。それでも、構いませんか？】

——大切なものを捧げる……何のことかは分からないけど、彼も一緒だというのなら、新しい人生をやり直してみたい。あんな終わり方は、やっぱり納得できないもの。

「分かった……それでも、構わない」

【分かりました。あなたに新しい人生をあげましょう】

「……ルナは……神様なの？」

【いいえ。わたしは神じゃありません。ただ、そう呼ばれることはあるけど】

ルナの声が徐々に遠ざかっていき、視界が純白に染まる。

あまりの眩しさに目を開けていられなくて、私は瞼を閉じた。

【これは賭けです。わたしは、このまま自分の命が尽きても構わない。でも——】

謎めいた台詞を残したきりルナの声は聞こえなくなり、頭の中は白い靄がかかったようになって意識が遠のいていった。

この時、とても大切なもの——一緒に命を落とし、共に新たな人生を送りたいと願った〝最愛の恋人の記憶〟が跡形もなく欠落していくことに、私が気づくことはなく。

そして、私の一度目の人生は終わった。

その日、海はまるで海神が怒り狂っているかのような荒れ模様だった。

ロザリンデ・ウィステリアは甲板の柱にしがみつき、時化の海を呆然と見渡していた。

「私は人生をやり直したいとは言ったけど、こんな人生は望んでいなかったわ！」

稲妻が空を真っ二つに裂いて激しい雷鳴が轟く。

あちこちで白波が立ち、荒々しく降り注ぐ横殴りの暴雨は船に穴を空けそうな勢いがあった。

「どうして、こんなことに……」

ロザリンデはとある理由で、祖国ノーアから隣国ネブラスカへと渡航する大型船に乗っていた。

今夜にもネブラスカに到着するはずだったが、昨夜から海が荒れ始めて、時が経つにつれて酷くなっていく。この調子だと目的地に入港する前に船が沈んでしまいそうだ。

ひときわ大きな波が襲いかかり、船は今にも転覆しそうな勢いで左右に揺れた。

甲板を駆け回っていた船員たちが海原へ投げ出されないよう船体にしがみつき、ロザリンデも必死の思いで柱に腕を巻きつける。

ここまでの荒れ模様だと、もはや船酔いをしている暇もない。

大量の海水が船内に流れこんでいて、彼女も甲板まで様子を見に来たが、この天候を目の当たりにして船に乗ったこと自体を後悔し始めている。

ピカピカと放電している空を見上げて、ぎりりと歯噛(はが)みしたロザリンデは大きく息を吸った。

「ルナ！　私は平穏に生きられたら、それでよかったのよ！　でも、この人生は平穏とは程遠いわ！」

相手(ルナ)に届いているかは分からないが、ロザリンデは魂から絞り出すように叫んだ。

この世界に連れてきたルナには、これまで幾度となくコンタクトを取ろうと試みた。

だが、一度たりとも返答があったことはない。

本人と会う術(すべ)がないのだから、虚空(こくう)へ向かって不満をぶちまけるしかなかった。

ロザリンデは甲板に膝を突きながら、子供の頃から肌身離さず身につけている魔石(マジックストーン)のペンダントを震える手で握りしめる。

「これでは、船ごと沈んでしまう……！」

その時、これまでの比ではない多量の海水が甲板へと流れこんで船が大きく傾いた。

ロザリンデは倒れこむようにして甲板の端まで流され、手すりの縁(ふち)で激しく後頭部を強打する。その衝撃で、目の前に光が散った。

ロザリンデは呻(うめ)き声(ごえ)を上げて冷たい甲板に倒れこんだまま、ペンダントを胸に押し当てた。

「……たす、けて……」

誰でもいい。この最悪の嵐を乗り越える術を教えてほしい。こんなところで死にたくはないのだ。

ロザリンデが甲板の端で蹲(うずくま)り、身を丸めながら震える声で助けを求めた時だった。

突如、目の前の宙に小さな光の球が現れ、雷光の瞬(また)きに合わせて眩(まばゆ)い閃光(せんこう)が散った。

どこからか短い呪文(スペル)を紡ぐ男の声が聞こえてくる。

「――転移(マヴェル)」

その瞬間、迸(ほとばし)った光の中から長身の男が現れて甲板に降り立った。これは高度な転移魔法だ。

「……転移魔法……？　一体、誰が……」

長身の男がロザリンデの傍(かたわ)らに屈(かが)みこんで、彼女を抱き上げた。温かい腕の中に包まれて、ほんのりと甘い麝香(ムスク)の香りが鼻腔(びこう)を満たす。

ロザリンデは瞬きをして、自分を抱えている男を仰ぎ見た。そして、はっと息を呑(の)む。

こちらを見下ろす男の頭上では雨雲が渦巻き、それを裂くように金色の稲光が駆け抜けた――その男の双眸(そうぼう)は雷光と同じ輝く黄金色(ゴールド)。闇色の髪は腰まであり、造形師が寸分の狂いもなく造り上げたように端整な面立(おも)ちをしている。

――なんて美しい男性なの……それに、とんでもなく大きな魔力を感じる。

男は、絶対零度の凍土を想起させる冷ややかな目つきで彼女を見下ろしながら唇を動かした。

「ロザリンデ・ウィステリア」

「どうして、私の名を……っ、う……」

強く打ちつけた頭がズキンと痛み、雨に濡(ぬ)れて冷えきったために身体の震えが止まらなくなる。

彼は朦朧とし始めるロザリンデをしっかりと抱え直し、雨に濡れないよう肩に羽織(はお)っていたマントに彼女を包む。

命の危機が迫る状況にも拘わらず、自分を抱く美丈夫に見惚れたロザリンデは、強張っていた身体から力を抜いた。

海神の気まぐれで荒れた海、地響きのような雷鳴、断続的に船に打ちつける雨、空を裂く稲妻。

さっきまでは人の命を刈り取る自然の猛威に恐怖していたというのに、ロザリンデは男の温もりに不思議と安堵を覚えた。

瞼が重たくなってくる。

必死に意識を保とうとしたが、身を屈めてきた男が小声で、

「――もう大丈夫だ。しばし眠っていろ」

そう囁いた途端、まるでスイッチが切れたかのように彼女は気を失ってしまった。

第一章　祖国を追われた令嬢は闇の王と出会う

「貴女が首謀者だったのか、ロザリンデ。もし、何か反論があるのなら聞こう」

光の王国ノーア。ノーア王立魔法学校の中等部、高等部、そして魔法大学に至るまでの学生が一堂に介する講堂のステージ上で、王子が厳しい口調で詰問してくる。

ステージに立たされたロザリンデは四方から突き刺さる疑惑の視線に、針の筵とはこういう状況を指すのねと冷めた表情で考えた。

「令嬢の方々が口を揃えてそうおっしゃるのならば、私が反論したところで聞いては頂けないでしょう。ならば、反論はありません。何が正しいのかは、殿下がご判断ください」

「今回、寮で壊された私物はアイリリスの亡き母上がくださった思い出の品だ。それを壊されたショックで彼女は倒れてしまって、今も目が覚めない。貴女がアイリリスに冷たく接しているところを目撃したという、皆の証言もある。何が正しいのかは火を見るよりも明らかだ」

よくもまぁそんな嘘の証言まで用意したわねと、ロザリンデは感心した。

冷たく接しているどころか、アイリリスとは人目につかない場所で共に勉強をして、他愛ない雑談に耽るような関係だった。

「貴女のしたことは卑劣な行為で、侯爵令嬢として相応しいふるまいとは思えない。もし貴女が僕とアイリリスの仲を妬んで、命を狙う脅迫状まで送ったのだとしたら、ますます看過できない」

——私が二人の仲を妬んだ？　ジェイド王子は、私の心が彼にあるとでも思っているの？

ロザリンデは一切の抗弁をせずに、心の中で呆れたように呟いた。

「貴女の処分は追って決める。今日はもう屋敷へ戻りなさい」

ジェイド王子に命じられて、ロザリンデはスカートの裾を持って一礼すると、周囲を見渡す。

偽証したらしい令嬢たちは気まずそうに目を逸らした。

たった一人、かつてロザリンデの取り巻きであったカサンドラ・ミオリス伯爵令嬢だけは見下すような視線を送ってきたが、ロザリンデは無視した。

誰が仕組んで自分を陥れたのか、今となってはどうでもよかった。

多数の証言が尊重されるのはどこの世界でも一緒だ。

ロザリンデ・ウィステリアは断罪される。

それが、この世界では予定調和で、必然のストーリーなのだろう。

ロザリンデ・ウィステリア。光の王国ノーアの大貴族、ウィステリア侯爵家の一人娘だ。

蜂蜜色の髪と薔薇のような赤い瞳を持ち、気の強そうな吊り目が特徴的な麗しい美貌の持ち主で、幼い頃からジェイド王子と婚約していた。

そして傲岸不遜で高飛車なふるまいが多く、性格にも難があった——前世の記憶を取り戻すまでは。

ロザリンデがそれを思い出したのは、王立魔法学校の中等部に入学した年だ。

ちょうど屋敷の庭園を散歩していた時のこと、二階からメイドの悲鳴が聞こえて立ち止まったロザリンデが目にしたのは、窓から花瓶が落ちる場面だった。

重力によって鈍器と化した花瓶が頭上に落ちてくるのを見て、ロザリンデは〝以前も同じような光景を見たことがある〟と閃いた。

鉄骨の下敷きになる寸前の記憶とリンクしたのである。

幸運にも花瓶には当たらず事なきを得たが、ロザリンデは前世の記憶を少しずつ取り戻し、衝撃的な事実が明らかになった。

ロザリンデは、前世の世界で彼女が好んでやっていた【光と闇のクレシェンテ】というゲームに登場する令嬢だったのだ。

それはいわゆる乙女ゲームと呼ばれるものだが、攻略できるキャラクターは少なく、魔法やドラゴンが登場するファンタジーの要素が濃かった。

ストーリーの舞台はクレシェンテという世界に存在する、光の王国ノーアと闇の王国ネブラスカ。

ノーアとネブラスカは、海を囲むように三日月形の大陸が向かい合う地形となっていて、それがゆえに三日月の世界と呼ばれていた。

この二国は、もともと一つの大きな大陸だったが、あるとき〝光のドラゴン〟と〝闇のドラゴン〟と呼ばれる二頭のドラゴンが戦い、規格外の魔力の衝突によって大陸の中心に大きな穴が空いてしまったのだ。

穴の部分が海となり、二つに分断された国がそれぞれノーアとネブラスカになった。

争いの原因となったのは〝聖なる乙女〟と呼ばれる清廉な女性の存在。

彼女は人でありながら強大な魔力を身に秘めており、それを欲したドラゴンたちが争ったのだと後世に語り継がれている。

戦いは闇のドラゴンの勝利に終わり、傷ついて眠りについた光のドラゴンは光の王国の守護神として祀られ、闇のドラゴンは闇の王国の王族と契約を交わして、こちらも守護神となった。

そしてドラゴンたちの戦いから長い年月が経過し、光の王国ノーアで、ゲームの主人公であるアイリリス・クラーロが生まれる。

アイリリスは件の〝聖なる乙女〟の生まれ変わり。平民の母の死後、父親のクラーロ伯爵に引き取られて、ノーア王立魔法学校に転入することになった。

そこでアイリリスはメインヒーローのジェイド王子と出会い、互いに惹かれ合う。

そして、恋敵のラスボスとして登場するのが〝闇の王〟――闇の王国ネブラスカの王だ。

ネブラスカ王は二国会談でノーアへ訪れた際にアイリリスに心を奪われ、力づくで妻にしようとする。

その結果、ジェイド王子とネブラスカ王は対立して、最終局面では剣技と魔法を駆使して戦う。

闇のドラゴンの加護を受けたネブラスカ王はジェイド王子を圧倒するが、聖なる乙女の救いを求める祈りによって光のドラゴンが目覚め、加勢を受けたジェイド王子がネブラスカ王を倒してハッピーエンド――と、そこまでが物語の大まかな流れだった。

ロザリンデは、魔法学校でアイリリスに悪質な苛めを繰り返した末に、ジェイド王子から婚約破棄を言い渡されて、隣国ネブラスカに国外追放となるキャラクターだ。以降の登場はなし。

【光と闇のクレシェンテ】においては、いわゆる悪役令嬢と呼ばれる端役かつ当て馬的な存在だった。

「まったくもって意味が分からないし、この先の人生には絶望しかないわ……」

ロザリンデは自分の現状を把握すると、そう悲嘆に暮れたが、葛藤の末にどうにかして未来を変えるしかないと開き直った。

手始めに、ジェイド王子との良好な関係を構築しようと考えたが、

「ロザリンデが美しいのは見た目だけだ。彼女の中身は傲慢で分別のない令嬢だよ。僕によく思われようとして、しつこく追い回してきた時期もある。父上の意向でなければ結婚なんて絶対に望まない」

王子が付き人とそんな会話をしているのを聞いてしまったので、対話は諦めた。

そもそも、ロザリンデは婚約した当時からジェイド王子に疎ましがられていた。

彼女も前世を思い出したあとは王子への興味を失っており、結婚も乗り気ではなかった。

父のウィステリア侯爵に婚約をとりやめてくれと頼んでみたが、王族との婚姻を重視していた父は「自分の務めを果たせ」の一点張りで、ロザリンデの意見を冷たく一蹴した。

早々に行き詰まったロザリンデは、どうしたものかと頭を悩ませ――ふと気づいた。

「婚約破棄をされて国外追放になっても構わないわ。むしろ、自由になれるかもしれない」

結婚も回避でき、娘を政略的な道具としか考えていない両親のもとを離れられる。

その先のロザリンデ・ウィステリアの人生はゲームの中では描かれていないのだから、平穏にひっそりと生きるぶんには支障がないだろう。

そう思い至ったロザリンデは運命を変えるのではなく、別のことに時間と意欲を注いだ。

クレシェンテには〝魔法〟という概念が存在していた。

生まれながらに魔力を持つ者にしか扱えない特別な力で、ロザリンデも幸運なことに魔法の才に恵まれている。その勉強に身を費やし始めたのだ。

そのうち学内でも首席を取るほどになり、十九歳になると高等部と同じ建物内にある魔法大学へと進学した。張り切った彼女は、ますます魔法の勉強に邁進（まいしん）した。

それと比例するように、これまで仲良くしていた取り巻きの令嬢たちは離れていったが、一方でロザリンデの勤勉さを認めてくれた者もいた。


「ウィステリア嬢。君はいつも熱心に勉強をしているね」

「ロドヴィク先生。ごきげんよう」

ロドヴィク・ダルタン。男爵の爵位を持ち、魔法大学で歴史学を教えている教師だった。

ロドヴィクは貴重な文献が置いてある書庫の鍵を開けてくれたり、講義で分からなかった部分を親身になって教えてくれた。空き時間にはよく話もする。

「相手の心を操る魔法ですか。先生のおっしゃることは理論的には可能でしょうが、複雑な魔法陣と膨大な魔力が必要ですね。それに、人心掌握の類の魔法は倫理的に禁じられているのではありませんか？」

「もちろん実際に使用するわけじゃない。ただ、ドラゴンと共存していた古い時代には、そういった魔法を自在に操る大魔法使いも存在していた。歴史学の面でも非常に興味深くてね」

などと、ロドヴィクの研究や論文について小難しい議論を交わす間柄だった。

この頃から転入生のアイリリスがジェイド王子と仲良くなり、それを妬まれて、令嬢たちからいじめを受けるようになった。

アイリリスに命の危険をほのめかす脅迫状を送ろうと、令嬢たちが図書室でこっそり相談している場面に出くわしたので、それまで無関心を装っていたロザリンデは堪らず注意したことがある。

その際、以前は仲のよかったカサンドラ・ミオリス伯爵令嬢と口論になった。

「ロザリンデ様。アイリリス・クラーロの母親は平民ですよ。わたくしたちとは受けてきた教育も生きる世界も違うのに、王子に馴れ馴れしく接して目に余ります。さっさと学校から追い出すべきですわ」

「アイリリスがどんな生まれで、誰と仲良くしようが、貴女には関係のないことでしょう。あの子はここへ学びに来ているだけよ。放っておいてあげなさいと言っているの。いじめなんて本当にくだらないわ」

非難したら、カサンドラは顔を真っ赤にして憤慨し、気まずそうな令嬢たちと共に図書室を出ていった。

その直後、本棚の間からアイリリスが顔を覗かせ、おずおずと話しかけてきた。

「ロザリンデ様。私のために、あんなふうに言ってくださって、ありがとうございました」

「っ……貴女、聞いていたのね。私はただ、あの子たちのやり方が目に余ったから注意しただけよ」

「それでも嬉しかったのです。あの、ロザリンデ様。よければ、私とお友達になってくださいませ」

「私とあなたが友達に？　うーん……たまに相談に乗ってあげる程度なら構わないけど」

顔を輝かせたアイリリスは「はい！」と嬉しそうに返事をして、愛くるしい笑みを浮かべた。

それ以降、アイリリスとは図書室で顔を合わせるたびに話しかけられ、図書室の奥にある人けのない階段に並んで座りながら、色々と相談に乗るようになった。

何故(なぜ)か敵対するはずの主人公(ヒロイン)と仲良くなってしまい、不思議な展開になったとロザリンデは首を傾(かし)げていたが、成り行きに身を任せることにした。

「ねぇ、アイリリス。あなた、ジェイド王子が好きでしょう」

アイリリスとのやり取りの中で、一度だけ、ジェイド王子について話をしたこともある。

「えっ⁉　い、いえ、まさか、そんなことは……」

「隠さなくていいのよ。貴女とジェイド王子が一緒にいるのを見かけたけど、彼も楽しそうだった」

「……ロザリンデ様は、ご不快に思われないのですか？」

「不快じゃないわ。勝手に決められた婚約者だから別にどうとも思っていないし、向こうも同じはずよ。貴女が彼を好きなら、それでいいんじゃないかしら。彼も貴女には優しいみたいだし、お似合いよ」

――アイリリスはジェイド王子と結ばれるはずだし、私は、どうせ国外へ追い払われる立場だから。

ロザリンデの淡白な返答に、アイリリスは言葉を失くし、ひたすら目を丸くしていた。

それからほどなく、アイリリスへのいじめが発覚する日が訪れた。

寮の部屋で大切に保管していた母の形見が壊され、制服が鋭利なもので切り刻まれたのだ。

ショックを受けたアイリリスは床に臥(ふ)せって、この事件をきっかけに、脅迫状を始めとする陰湿ないじめの内容が次々と明らかになっていった。

実行犯の令嬢たちは、いじめの首謀者がロザリンデであると証言した。

本物の首謀者はカサンドラだと、ロザリンデは気づいていた。

彼女が口裏を合わせるようにと令嬢たちに手回しをして、腹いせに罪を着せたのだろう。

結果、ジェイド王子はロザリンデとの婚約を破棄し、彼女から貴族の地位を剝奪して、ネブラスカの修道院へ行くようにと命じた。

特権階級に恩恵を与える一方で、身分に相応しいふるまいを厳しく求めるのがノーアの伝統。

それゆえ身分が高ければ高いほど裁断基準は厳しくなり、今回もそれに応じて下された罰だった。

ロザリンデは抗弁せずに全てを粛々と受け入れた。

悲観はしていなかった。心の準備はしていたし、前世の記憶を取り戻してからは周囲に馴染めなくて浮いていた自覚もあった。

両親との折り合いも悪く、ジェイド王子との関係については言わずもがな。

唯一、アイリリスが気がかりだったが、ジェイド王子に愛されて良い結末を迎えられることだろう。

ロザリンデはいっそ晴れ晴れとした思いで荷物を纏めて、ネブラスカへ向かう船に乗りこんだが、海の上で命の危機を覚えるほどの嵐に遭遇した。

「私は人生をやり直したいとは言ったけど、こんな人生は望んでいなかったわ！」

それに尽きる。

彼女は破滅する運命の端役であり、ようやく行く末を決められた人生から解放されると思った矢先、嵐の海で死に直面したのだ。

なんと理不尽で不条理な人生だろう。

それでもロザリンデは、この世界で生きたいと望んだ。

一度目の死は納得できるものではなかったから、せめて二度目の人生は自分の思うように長生きをして幸福な終わりを迎えたかった。

しかし、天候を操る大魔法など扱えるわけもなく、嵐の海に対抗する術はなかった。

「……たす、けて……」

ロザリンデは、この世界に転生してから初めて誰かに助けを請うた。

その直後、全く予想だにしていなかった出来事が起きた。

煌(きら)めくような金色の瞳を持つ謎の男が、彼女の助けを求める声に応えて現れたのである。

◆

見知らぬベッドで目覚めたロザリンデは、おそるおそる起き上がって室内を見渡した。

天蓋付きのベッドに大理石の床、調度品は白で統一されており、寝具もシルクや高価そうな毛織物でできている。見るからに高貴な女性が過ごす部屋の誂(あつら)えだ。

「ここは、どこ?」

荒れ狂う海の上で、見知らぬ男の腕に抱かれた直後から記憶がない。

首を傾げた時、甲板で打ちつけた後頭部にズキンと痛みが走った。触れて確認すると腫れていた。

――頭を打ったせいで意識を失ってしまったみたいね。たんこぶになっているわ。

顔を顰めながらベッドを降りたロザリンデは自分の格好を見下ろす。

旅行用の質素なドレスはびしょ濡れだったはずだが、寝ている間に乾いていた。

「船はどうなったのかしら。それに、どうやってここへ来たの？」

窓に歩み寄ってカーテンを開け放つと、広いテラスがあり、城壁らしきものが見えた。

テラスに出てみると、大きな石造りの城にいることが分かった。

手すりに身を乗り出しながら観察したら、城の周りには石を積み上げた城壁があり、兵士が巡回しているため警備は厳重のようだ。

城壁の向こう側には城下街が広がっているが、あまりよく見えなかった。

ロザリンデがいるのは城の三階にある部屋らしく、テラスの下には庭園がある。

豊かな水が湧き出る噴水の中央には獅子の彫像が置かれていて、庭園をぐるりと一周する歩道の両脇には凝った造りの外灯が並んでいる。庭師が垣根を手入れしている様子まで見えた。

ここが大きな城郭であることは分かったものの、見覚えはなく、ほぼ確実にノーアの王城ではない。

「とりあえず命は助かったのね。それだけでも、かなりの幸運だわ」

ここに至るまで、とかく理不尽な目に遭ってきたロザリンデは腕組みをしながら頷く。

生きてさえいれば何とかなるのだ。

目まぐるしく変わりゆくロザリンデの人生で、いちいち怯んでいては前に進めない。

前世とは容姿が変わって育ちも違うが、ポジティブ思考は引き継いでいるようで、彼女は何事も前向きに捉えるようにしていた。

「ノーアではないとなると、もしかして、この城はネブラスカの……」

首を捻っていたら、ドアをノックする音と男性の声がした。

『起きているかしら。目が覚める頃だと陛下がおっしゃるから、様子を見に参りましたのよ』

「はい、起きております。どうぞ、入っていらして」

『それでは失礼します』

野太い男の声で女性らしい喋り方をするので、どんな人物が入ってくるのかと思えば、ドアを開けたのは思いのほか厳つい男性だった。

長めの茶髪をうなじで一つに括り、まるで死線をくぐり抜けた軍人のような傷が頬についているが、その面には穏やかな笑みが浮かんでいる。

レースのあしらわれたクラヴァットに派手な赤のジャケットを合わせており、シャツの袖口も精緻なレースで縁取られ、洒落ていた。

ロザリンデが男のアンバランスな見た目に面食らっていると、彼が優雅に一礼した。

「私はピカロ・トレブローナ公爵。陛下の側近をしているわ」

「はじめまして。私はロザリンデ・ウィステリアと申します」

「身体の調子はどう？」

「どこも痛くはありませんし、体調に問題はありません。助けてくださり、ありがとうございました。ここは、ネブラスカのお城なのでしょうか？」

「その通り、ネブラスカ王の城よ。貴女を助け出したのは陛下なの。どうか直接お礼を申し上げてくださいな。陛下は謁見の間にいらっしゃるから、これから案内するわね」

「……ええ。よろしくお願いします」

ピカロに続いて部屋を出て廊下を歩きながら、ロザリンデは首にかけている魔石のペンダントを握りしめる。考え事をする時の癖だった。

――私を助けたのがネブラスカ王ということは、たぶん船の上で出会った男性がそうなのね。ネブラスカ王って、私が好きだったキャラクターだけど……ああ、だめ。顔が思い出せない。

前世の彼女はジャンル問わずにゲームが好きで、乙女ゲームも好んでやっていた。

【光と闇のクレシェンテ】は攻略対象こそ少なかったが、魔法やドラゴンが出てくる世界観がお気に入りで、特にラスボスの闇の王を推していたはずだが、何故か姿かたちを脳内に描けない。

ロザリンデが取り戻した前世の記憶には曖昧なところが多かった。

前世の家族や友人たちとのやり取り、学生時代の思い出、趣味嗜好、新入社員としての会社の仕事。

詳細に覚えていることもあれば、まったく思い出せない事柄もある。

自分が死んだ瞬間のこと、その後の〝ルナ〟との会話やゲームの内容でも、不明瞭な部分があった。

特に死んだ時――道を歩いていたらビルから鉄骨が落ちてきて下敷きになったのは記憶にあるが、あの時に誰かが側にいたような気がするのだ。

しかし、その誰かの顔はペンで塗り潰したように黒い靄で覆われている。

――まるで虫に食われたみたいに、記憶に穴があるのよね。特に、死ぬ前の数年間の記憶があやふやで、なんだか大事なことを忘れているような気がして、もやもやする。

ロザリンデはこめかみをトントンと叩いた。

――ネブラスカ王についても、そう。どうしても顔が浮かんでこないし、彼の側近たちも同じ。私の記憶って、一体どうなっているの。

不確かな記憶にもどかしさを覚えていると、謁見の間に到着した。

ピカロが衛兵に一声かけて大きな扉を開けてくれた。天井が高く、広々とした部屋の奥にある玉座には男が悠然と座っている。

彼がネブラスカ王なのだろう。

ロザリンデは緊張で俯きながら玉座へと近づいていき、ドレスの裾を持って深々とお辞儀をした。

「はじめまして、ネブラスカ国王陛下。私はロザリンデ・ウィステリアと申します。助けてくださり、本当にありがとうございました」

王の返答はない。ロザリンデはゆっくりと頭を上げ、王の顔を見て呼吸を止めた。

ネブラスカ王は闇色の髪と黄金色の目をした美丈夫で――転移魔法によって船上に現れた男性に間違いなかった。

その身を包むのは消炭色の軍服とブーツ、黒に近い深紅のマントを肩にかけている。長い髪を後ろで緩く縛り、片耳には瞳の色と同じ琥珀のピアスをつけていた。

長い足を悠然と組み、金で装飾された玉座の肘かけに頬杖を突いている様は一見寛いでいるようにも見えるが、こちらに注がれる眼差しは才智に長けた王のものだ。

――このクレシェンテにおいて、闇の王として恐れられている無慈悲な王。こうして対峙しているだけでも威圧感が伝わってくるわ。

ロザリンデが薔薇色の瞳をぱっちりと開けて見つめていると、ネブラスカ王がようやく口を開く。

「ハイドリヒ・ベルンシュタイン・ネブラスカだ。我が国へようこそ、ロザリンデ・ウィステリア」

ハスキーで聞き取りやすく、耳に残る心地よい声だった。

二度目の人生を送る上で、ロザリンデはよほどのことがなければ取り乱さない度胸を身につけていた。

彼女はハイドリヒを正面から凝視する。

――見るからに悪役な雰囲気と、とびきり美しい容姿。記憶にはないけど、ネブラスカ王って、こんな人だったのね。うん……正直、すごく格好いいわ。

見惚れていたロザリンデは、ピカロの咳払いを聞いて我に返ると、慌てて頭を垂れた。

「国王陛下にご挨拶とお礼をお伝えできる機会を頂けたこと、光栄です。改めてお礼を申し上げます」

「ああ。身体の調子はどうだ？」

「少し頭が痛むくらいです。おそらくただの打撲ですので、休んでいれば治ると思います。しかし、どうしてあの船上に陛下がいらっしゃったのでしょう？」

「あの船には我が国の船員や貴重な貿易品も乗っていたからな。転移魔法と嵐を治める魔法を用いて、乗客乗員を魔法救難艇で救助し、沈没しかけていた船もどうにか入港を果たした」

転移魔法とは、物や人間を望んだ場所へ一瞬で移動させる魔法のこと。

特に人間を移動させる場合は膨大な魔力を必要とするため、王室付きの魔法使いのような高度な魔法の使い手のみが扱えるものだ。

それに加えて、嵐を治めるのも、強大な魔力の持ち主でなければ扱えない大魔法だった。

この世界で、ネブラスカ王は闇のドラゴンの加護を受けた、卓抜（たくばつ）した魔法の使い手なのである。

「陛下はそのような大魔法を使えるのですね。それで、わざわざ陛下が救助に来てくださったのですか？」

「ああ。国外追放となった侯爵令嬢も乗船していると、ノーアから連絡もきていたからな。いくら罪を犯したとはいえ、嵐の海で死なせるのは忍びないだろう」

——その侯爵令嬢というのが、私のこと。だから、私の名前を知っていたのね。

ロザリンデが納得していると、いつの間にかネブラスカ王の傍らにはピカロともう一人、顔色の悪いローブ姿の青年が立っていて、神妙な面持ちで王とロザリンデの会話を聞いていた。

「それに、お前とは話もしてみたかった。侯爵令嬢の身で国外へ出されたということは、何か仕出かしたのだろう。何をした？」

「……詳しくは申し上げられません。ただ、誰かを傷つけたとか、そういうことは一切しておりません」

身に覚えのない罪で裁かれたのだ。堂々と説明するのもおかしいだろう。

ロザリンデが目線を伏せると、ハイドリヒは眉を上げる仕草をしたものの追及してこなかった。

「私は貴族の身分を剥奪されていますし、侯爵令嬢ではなくなりました。無事に船が到着していれば、修道院へ行く予定でした。今後の処遇はどうなるのでしょうか」

「そうだな。本来ならば、辺境の修道院へ送り届けるべきだが——」

ハイドリヒは叡智（えいち）を秘めた琥珀の眼を細めると、おもむろに腰を上げて玉座の階段を下りてくる。

ロザリンデの正面に立ったハイドリヒは、高身長でがっしりとした体格をしていた。
目の前に立たれただけで威圧感があり、獰猛な猛獣と対峙している心地になる。
雷を思い起こさせる金の双眸は間近で見るとハッと息を呑むほど美しいが、その瞳の奥には昏くて陰鬱な光が宿っていた。

「ロザリンデ・ウィステリア。私は以前から、お前を知っていた」

「私を？　どうしてでしょう」

「数年前にノーアで二国会談をした折、ノーア王がお前の話をしていた。ジェイド王子の婚約者、ウィステリア侯爵家の娘は見目麗しい才女。魔法学校で首席をとるほど優秀な令嬢だとな」

「まあ、それで……」

「お前がどんな罪を犯したのかは知らないが、ノーア王の話が正しいのならば、お前ほどの人材を修道女にするのは惜しい」

「人材、ですか？」

「我が国、ネブラスカではノーアほど魔法の教育に力を入れていない。そのため、城の魔法省で働ける魔法の使い手が不足している。魔法の知識を持つ優秀な者は、喉から手が出るほど欲しいのが現状だ」

ロザリンデは緋色の目をパチパチさせて、唇をきゅっと引き結んだ。

――てっきり、すぐに修道院へ送られると思っていたけど、わざわざこんな言い方をするなんて……もしかして、陛下は私を魔法の使い手として勧誘しているの？

たとえ修道院へ送られても、ロザリンデは大人しく修道女をするつもりはなかった。

時期を見て修道院を抜け出し、そこからは自分の生きたいように生きるつもりでいたのだ。

そのためにロザリンデは魔法学校で懸命に学んだ。

彼女が得意とするのは、熟練の魔法使いでも扱いに手を焼く〝治癒魔法〟だ。

病院や診療所、ましてや王の住む城であれば重宝されるはず。

ネブラスカの魔法省で働けることになれば、この見知らぬ土地でも、ロザリンデは安定した生活を手に入れられるだろう
——ネブラスカには頼れる相手もいないし、この城で職を得られるのなら願ってもない話ね。

ロザリンデは、それに、と心の中で付け足して、こちらの反応を窺っているハイドリヒを見つめる。

——ネブラスカ王ハイドリヒ、前世の私が好きだったキャラクター。彼の物語も続編で追加されるはずだったのに、残念ながらプレイする前に死んでしまったのよね……折角こうしてネブラスカ王にも会えたのだから、彼のことも、もっと知ってみたいし……うん。決めたわ！

ロザリンデは大きく息を吸うと、その場に両膝を突いて礼をとった。

「それならば、私をこの城で雇って頂けませんか。おっしゃるように、私には魔法の知識があります。特に治癒魔法を得意としておりまして、お怪我をされた時にはすぐに対応できると思います」

我が意を得たりとばかりにハイドリヒが口角を緩める。

ロザリンデは頭を垂れた。

「祖国を追われた身ですが、陛下の御身を害するような真似はしません。もし雇って頂けるのならば、最初は雑用からでも構いませんし、できることならば何でもします」

「何でもする、か……ならば私の妃として侍ろと言えば、従うのか？」

「え？」

「冗談だ、そう固まるな」

――びっくりした。突然、妃だなんて言うから、心臓が止まるかと。

ロザリンデが激しく鼓動する胸に手を当てていたら、ハイドリヒは朗々たる声で言った。

「ロザリンデ・ウィステリア。私の城で働くことを許す。ノーアを追放された令嬢を私の城で雇うというのも、皮肉が効いていて、なかなかに面白い」

「っ……ありがとうございます！　どうぞ、よろしくお願いします」

「ああ。ただし条件が二つある」

「何でしょうか」

「私の命令には逆らうな。そして、魔法省の仕事の他にも、私の世話係をしろ」

「……は、」

ロザリンデは返事をしようとして、途中で呑みこむ。

これからはハイドリヒが雇い主となるわけだから、命令はともかく〝世話係〟と言わなかったか。

「お前の物怖じしない態度と気概は気に入った。以後、この城で私に尽くせ」

「あの、陛下の世話係をしろとおっしゃいましたか？」

「言った。無理をしない範囲で、私の身の回りの世話と雑務をこなしてもらう。不満か？」

ハイドリヒが口角の片側を持ち上げる独特な笑みを浮かべ、試すような口ぶりで問うてくる。

意地が悪そうで、どこか楽しそうでもある魅力的な表情を見た瞬間、ロザリンデはトクンと胸を高鳴らせたが――それと同時に、妙な引っかかりも覚えた。

――あれ？　この笑みを、私はどこかで見たことがあるような……？

彼の表情に目が釘付けになっていると、ハイドリヒが首を傾げた。

「どうした？」

「っ、いえ……不満など、ありません。かしこまりました。陛下にお仕えさせて頂きます」

「よし。明日から働いてもらうぞ。お前の部屋や、城での生活についてはピカロに聞け。――以上だ」

ハイドリヒは高い天井まで響き渡る声で言い放つと、天鵞絨のマントを靡かせ、綽然とした足取りで謁見の間を出ていく。謁見は終了のようだ。

ロザリンデはネブラスカ王の凛々しい姿から目が離せず、見えなくなるまで視線で追った。

――私の気のせい？　あの笑みを、どこかで見た気がするのに。

顎に手を当ててムムムと考えこんでいたら、ピカロと、もう一人の側近らしいローブ姿の青年がロザリンデのもとに歩み寄ってきた。

「おめでとう、ウィステリア嬢。陛下に気に入られたようね。あの御方は能力や人柄を見て、誰を側に置くのか判断されるのよ」

「トレブローナ公爵」

「貴女がどういった経緯でノーアを追放されたのかは知らないけれど、私は好印象を抱いているわ。陛下に危害を加えようと企てているようにも思えないし」

「そうは言っても国外追放となった犯罪者なんですよね。陛下が何を考えているのか、僕にはさっぱり分かりませんよ。まぁ、魔法の知識がある有能な人材ということなら、ありがたいのは確かですが」

最後に櫛で梳かしたのはいつだと疑問を抱くぼさぼさの黒髪に、やや顔色の悪いローブ姿の青年がやれやれと肩を竦めた。

「ええと、あなたは？」

「彼はシュトゥルム。王室付きの魔法使いなの。私たちはシュトーと呼んでいるわ。彼もね、もとは平民の出身なのだけれど、陛下が才能を見出して側近に取り立てたのよ。優秀な魔法使いで、今は魔法研究を担う魔法省の頭脳として働いているの」

「お蔭でいい暮らしができていますが、仕事が多すぎて過労死しそうです」

皮肉めいた相槌を打ったシュトーが目頭を押した。寝不足なのか、目の下に濃いクマができている。

「よろしくお願いします、シュトー様」

「ええ、よろしく。僕に敬語は要らないですよ。そういうの苦手なんです」

「分かったわ、シュトー。それから、私は祖国を追われたけど、皆さんに危害を加えることはないし、そこそこ役に立つと思うわ。それは働きながら証明するから、承知しておいて」

ロザリンデが腰に手を当てながらにっこり笑うと、シュトーはたじろいだように目を逸らす。

「……貴女を城で雇うというのは陛下が決めたことですし、僕らに口を出す権利はありません。それに、陛下の人を見る目は確かです。魔法陣の作成はできますか？」

「魔法陣の作成なら得意なの。任せて」

「じゃあ、早速これから……」

「お待ちなさい、シュトー。今日は彼女も疲れているだろうから、その辺にしましょう。さぁ、ウィステリア嬢。お部屋まで連れていくわ。明日から忙しくなるから、今日はもうゆっくり休んで」

「……羨ましいですね。僕には休みなんてありませんよ」

シュトーの愚痴を聞いて苦笑しつつ、これから生活する部屋までピカロに案内してもらう。

その道すがら、ピカロはネブラスカ王の側近事情や国政について説明してくれた。

「陛下の側近は私とシュトーだけよ。この国にはノーアと違って宰相もいないから、国政は陛下が中心となって私と貴族院の代表者たちを交えた議会を開いて決めるの」

「側近が二人しかいないというのは理由があるのですか？」

「裏切られないためよ。陛下は私とシュトーを除いた貴族たちを信頼していないの」

無理もないだろうと、ネブラスカ王の生い立ちを知るロザリンデは思った。

――確か、彼は幼い頃に叔父に両親を殺されて、それ以来、魔力を封じる〝闇の塔〟で幽閉されたんだっけ。そのあと自ら塔を抜け出し、王位を簒奪(さんだつ)した叔父を粛正した……壮絶な過去の持ち主だわ。

孤独な幽閉生活はハイドリヒの心を氷のように凍りつかせ、人の情を解さない冷酷無慈悲な王として恐れられるようになった。

そんなハイドリヒがノーアへ赴き、アイリリスに出会って心を奪われる。

生まれて初めて愛を知り、その愛に焦がれて、ジェイド王子と心を通わせたアイリリスを力ずくで我が物にしようとするのだ。

その結果、アイリリスを巡ってジェイド王子と正面から対決することになる――。

孤独で冷たい男が初めて愛を知り、それを欲する姿に、前世のロザリンデは心を打たれた。

悪役でありながら、その人気の高さからネブラスカ王を攻略できる続編が出る予定だったが、プレイする前に彼女は死んでしまったので、どんなストーリーだったのかは知る由もない。

しかし、実際に会ってロザリンデがハイドリヒに抱いた印象は、冷酷無慈悲な恐ろしい男というよりも、どこか野性味のある独特の魅力を湛えた人。

――冗談で〝妃として侍ろ〟って言われたけど、冗談……よね。

ロザリンデが苦い表情を浮かべると、ピカロが横目でちらりと見てくる。

「ノーアでは、魔法を使うためには国家資格が必要だと聞いたわ。日常でもみだりに魔法を使用するのは認められていないとか」

「その通りです。私は途中で大学を退学してしまったので資格は持っていませんが、本来は魔法大学を卒業して国家資格を得なければ、学校の外で魔法を行使するのは禁じられています」

「ネブラスカでは魔法を使うのに国家資格は要らないわよ。研究の分野において魔法が使われることは多いけど、そもそも使える者が少ないせいかもしれないわね。ノーアほど魔法教育に力を入れてはいないし。そもそも魔力があっても魔法陣や呪文の知識がなければ操れないのでしょう？」

「はい。呪文は魔法発動のスイッチ、魔法陣は魔力を制御するための回路のような役割を果たします。呪文さえ知っていれば、魔法陣がなくとも魔法は発動できますが、回路なしで機械を起動させるようなものなので反動が大きくて危険です。国の守護神であるドラゴンの加護でも受けていれば、魔法陣などお構いなしに魔法を乱発できるみたいですけど」

腕組みをして、回路、機械――と、前世の言葉を用いながら説明したら、ピカロがくすりと笑った。

「ウィステリア嬢はシュトーと話が合いそうね。難しくて、私ではついていけない話だわ」

「あっ、すみません。つい、専門的な話を……」

「いいのよ。ああ、それと、この国にはノーアと違って魔物もいるの。人と魔物の棲み分けができているから、滅多に街には出ないけど……もしかしたら、この城にも現れるかもしれないわよ」

ノーアに魔物はいなかった。この目で見たことは一度もない。

ロザリンデが興味をそそられた時、部屋に到着し、ピカロが恭しくドアを開けてくれた。

「さぁ、どうぞ。ウィステリア嬢」

「今後も、この部屋を使ってもいいのですか？」

「ええ。ここは陛下が貴女のために用意した部屋なの」

貴婦人の使う豪奢な部屋を宛がわれて驚いたが、ロザリンデは素直に厚意を受け入れた。

「トレブローナ公爵。一つお願いがあります」

「私のことはピカロでいいわ」

「それでは、ピカロさん。実は、船に私物の入ったトランクが乗っていたはずです。それを探すことはできないでしょうか」

「それなら、私が兵士たちに探すよう指示を出しておくわ。船の貨物は港で下ろされているはずだから」

「何から何までありがとうございます」

「どういたしまして、ウィステリア嬢。それから、これは知っておいてほしいのだけれど、陛下はメイドでさえも自分の側に置きたがらないの。身の回りのことを全て自分でこなしてしまう御方なのよ」

ピカロは含みのある笑みを浮かべると、声量を落として囁いた。

「だから、頑張ってちょうだいね。——あの御方は、本当に貴女を気に入っているようだから」

そんな言葉を残して、ピカロは扉の向こうに消えた。

豪奢な誂えの室内で立ち竦んだロザリンデは、ピカロの言葉を反芻しながらベッドに寝転がった。

考えなくてはならないことが多すぎて頭がパンクしてしまいそうだった。

「……長い一日だった」

ロザリンデは首にかけているペンダントを持ち上げた。

親指の爪ほどのサイズで、雫の形をした琥珀色の魔石がついている。物心ついた頃から持っているペンダントだった。

いつ、誰に、どんな経緯で貰ったのかは覚えていない。

当時のロザリンデは幼くて、そのペンダントがどんな意味を持つものなのかさえ知らないまま、気づいたら肌身離さず持っていたのだ。

アクセサリーとしても映えるので、今では御守りとして、どこへ行くにも身につけている。

ロザリンデはペンダントを握りしめながら、ゆっくりと目を閉じた。

瞼の裏にはネブラスカ王の、狼のように鋭い金色の双眸が浮かんできたが——それも強烈な睡魔と共に薄れていって、真っ暗な眠りの底へ落ちた。

第二章　お世話係は闇の王に口説かれる

日の出前、空が白んできた頃にロザリンデはベッドを出て身支度を始めた。

嵐の海から救い出されて数日が経過しており、ピカロが沈没を免れた船の貨物からトランクを探し出してくれたので、私物を無事に取り戻すことができた。

そのトランクの中から地味な紺色のハイネックドレスを選び、ハニーブロンドの髪を動きやすいようポニーテールにした。

「さぁ、行くわよ。ロザリンデ・ウィステリア」

ロザリンデは曇り一つなく磨き上げられた鏡に映る自分に向かって喝を入れた。

朝日が城を照らし始めた頃合いを見計らい、ネブラスカ王の私室へ向かう。

護衛兵の許可をもらってから、ロザリンデは小声で「失礼します」と声をかけて入室した。

カーテンの閉めきられたリビングを突っ切り、ベッドルームの扉の前で深呼吸をして、ノックする。

「陛下、おはようございます。ロザリンデです。入ってもよろしいですか？」

眠そうな返事を聞き届けると、ロザリンデはベッドルームの扉を開けた。きびきびとした足取りで窓辺に向かい、カーテンを開け放つ。

朝の日射(ひざ)しが室内を照らし出し、天蓋つきの大きなベッドの上でハイドリヒが眠そうに身を起こした。

毛布がはだけて逞しい上半身が露わになったので、ロザリンデは視線を斜め上に向けながらクローゼットを開けて、新しいシャツを取り出す。

——陛下ったら、また半裸で寝ていたみたい。どこを見たらいいか分からなくて、困るのよね。

男性の裸は見慣れていないため、目のやり場がない。

ハイドリヒが欠伸をして、黒檀の髪をかき上げながらベッドを降りた。

ロザリンデは白いシャツを彼に着せようとするが、少々乱暴な手つきになってしまう。

初日はもっと酷かった。掃除や洗濯といった家事ならまだしも、世話係をした経験がないから、シャツに袖を通させるだけで四苦八苦した。

ボタンを留めるのにもやたらと時間がかかり、ハイドリヒには「もう少し手際よくできないのか」と文句を言われた。

翌日からは叱られても構うものかと開き直って、どうしてほしいのかを口に出すようにした。

そのほうが一人で奮闘するよりも早いからだ。

「陛下、腕を出して頂けますか。ボタンを留める時は身を屈めてください」

ハイドリヒが大人しく従ってくれたので、シャツに腕を通させて背伸びをしながら背後を回り、反対側の腕もシャツの袖に通す。そこから正面に戻って、一つずつボタンを留めていった。

シャツの隙間から厚い胸板が見えたため、狼狽して指が震えそうになる。

すぐ真上にはハイドリヒの顔があり、何を考えているのか分からない表情で彼女を見下ろしていた。

何かするたびにハイドリヒの視線は追ってきた。

指の動き、目線の位置、呼吸の仕方さえも観察されている気がして居た堪れない。

――初日からずっとこうなのよね。こんなにまじまじと見つめて何が楽しいのかしら。

吐息を感じる距離で見つめられて、ロザリンデは頬が熱くなるのを感じつつ真顔を保つ。目が合わないようにと、視線は手元から外さなかった。

ボタンを留め終えて黒いジャケットを掲げたら、ハイドリヒが彼女の手を押さえた。

「あとは自分でやろう」

「かしこまりました。こちらをどうぞ」

ジャケットを渡せば、ハイドリヒは慣れた手つきで袖を通し、大きめの金ボタンを留めていく。

王族は身の回りのことをメイドや世話役にやらせるのが当たり前だ。着替えや入浴、ベッドメイクを始めとした部屋の掃除まで自分の手ですることはない。

しかし、ハイドリヒは違った。ロザリンデが手伝わなくとも着替えは自分でできるし、入浴もメイドの手を借りない。おそらく幽閉時代の名残(なごり)なのだろうと思う。

闇の塔には使用人がおらず、ほとんど一人でやらなければいけなかったはずだから。

ロザリンデが窓を開けて空気を入れ替えている間に、ハイドリヒは身支度を終えていた。

そこからは朝食の時間。リビングのテーブルの上に次々と食事が並べられていく。

焼き立てで湯気の立つスコーンにクロテッドクリームとジャム。大皿にスティック状に切られた野菜が丁寧に盛りつけられて、酸味の利いたドレッシングが添えられている。

テーブルの端に置かれた白い楕円形(だえんけい)の器は、甘いカラメルソースのかかったプディングだ。

ハイドリヒはソファに腰かけ、朝食には手をつけずにコーヒーを飲んでいる。

思わずごくりと喉を鳴らしそうになって、ロザリンデは心を無にした。

この時間が終われば、ロザリンデも朝食にありつける。

昨夜は疲れて食事を少なめにしてしまったので、腹の虫が空腹を訴えそうだが、自分に暗示をかけた。

——私のお腹よ、鎮まりなさい。ここでお腹を鳴らしたら聞き苦しいんだから。もう少し耐えたら、美味しい朝食よ。

目線を遠くへ向けて無心になるロザリンデをよそに、ハイドリヒがスコーンを手に取った。クロテッドクリームをたっぷり塗ると、スコーンの熱でクリームが溶け始める。

彼がスコーンを齧った瞬間、サクッと音が響いて香ばしい匂いが立ち上った。

この城の朝食に出るスコーンは、外側がさっくりしてクッキーのような食感だが、中はパンのようにふんわりしている。視覚、嗅覚ともに食欲をそそる光景だった。

スコーンをぺろりと食べ終えたハイドリヒが二つ目を手に取り、先ほどと同様に甘さ控えめのクロテッドクリームをたっぷりつけた。そして豪快に齧りつく。またサクッと音がした。

その瞬間、無情にもロザリンデのお腹がきゅるると鳴って、静かな室内に虚しく響き渡った。

「ロザリンデ。空腹か？」

「昨夜、夕食をあまり食べなかったものですから。のちほど朝食を頂きますので問題ありません」

なんとか微笑みを絶やさずに答えた瞬間、またしても食事をよこせと、腹の虫が大きな唸り声を上げた。

勢いよく振り返ったハイドリヒが、今度は何も言わずに見つめてくる。

――この気まずい空気、なんとなく覚えがある……そうそう、会議の最中に、お腹を鳴らして上司に生温かい視線を向けられた時みたい。まさか、仕事中にお腹を鳴らしたからといって罰を受けることはないと思うけど……え、ないわよね？

ロザリンデが顔に笑みを張りつけて固まっていると、スコーンを取ったハイドリヒがジャムを塗り、彼女の口元に近付けてくる。

「ほら、これをやる」

「これは何でしょうか、陛下」

「食べろ」

「仕事中ですから頂くわけには参りません。スコーンを押しつけないでください」

「いいから食べるんだ」

「陛下。スコーンを、そんなに強く押しつけられては……」

「あと三秒で食べなければ、お前の仕事量を五倍にするぞ」

「いただきます！」

ロザリンデは条件反射でスコーンに齧りついた。

上司もといネブラスカ王の提示した恐ろしい条件を呑むわけにはいかないと、身体が勝手に動いたのだ。

――五倍だなんて冗談じゃないわ！　これ以上、仕事量を増やされたら過労死してしまうもの！

胸中で文句を零(こぼ)しながらスコーンをひとくち齧ると、香ばしくて甘さ控えめのスコーンと、ほどよく酸味のあるジャムが口内で絶妙に混じり合って幸福(しあわせ)のハーモニーを奏でる。

至福のひとときに浸りながらロザリンデがスコーンを咀嚼していたら、ハイドリヒが命じた。

「座って食べろ」

「ハイ」

結局、ロザリンデはソファの端に座らせてもらい、大人しくスコーンを頂いた。

王の朝食ということもあるだろうが、今まで食べたスコーンの中でもとびきり美味しくて、腹の虫も満足したようだ。

ハイドリヒはそんなロザリンデを横目で眺めると、コーヒーを啜りながらぼそりと言う。

「明日から、お前もここで朝食をとれ。許可する」

「そういうわけには参りません。私は陛下のお世話をしたあとで頂きます」

「ならば命令だ。腹を鳴らしながら世話をされては敵わない」

それを指摘されたら、ぐうの音も出ない。

しかも〝命令〟ならば反論さえできなかった。

ロザリンデが言葉をぐっと呑みこんで「かしこまりました」と応じると、ハイドリヒは満足げに頷いて空になったコーヒーカップを置いた。

朝食のあとは執務室に移動して、ハイドリヒの執務を手伝った。

執務内容は国内各地の知事から送られてきた報告書に目を通し、王が動く必要があるかどうかを判断して返信をしたためることだ。

返信については書記官が代筆するため、ハイドリヒは山積みになった報告書の内容を把握して、王の確認が必要な書類に押印していく。

そして適時、ピカロに指示を出しながら国政についての対応策を提案する。

週に二回、城の大広間で貴族院の代表者たちと議会も開いているようだ。

ロザリンデはハイドリヒの指示で書類の整理をしていた。彼女の役割は無造作に積まれた報告書や書簡の中身を確認し、地方ごとに寄り分けて、緊急の用件のものがあれば王に知らせることだ。

その仕事を割り振られた時、他国から来たロザリンデに内情を見せていいのかと心配になり、尋ねた。

「陛下。私が中身を確認してもいいのですか？」

「構わない。もし国の内情を外部に漏らしたら、命で償ってもらうだけだからな」

「……秘密は厳守します。拷問を受けようが外部には漏らしません」

「冗談だ。本気に取るな」

ハイドリヒはとても冗談とは思えない真顔で言った。

この表情は本気だわと、ロザリンデは敏感に察知して情報漏えいだけは絶対にするまいと誓った。

しかし、情報を漏らしている暇がないと気づいたのは、仕事を手伝い始めてほどなくだった。

ネブラスカ王の執務量は尋常ではなく、猫の手も借りたいような状況だったのだ。

たとえロザリンデがネブラスカの内情を探るために送りこまれた間者であったとしても、仕事量の多さに辟易として逃げ出しただろう。

文句一つ言わずに執務をこなすハイドリヒの姿には感心する。

彼は臣下たちの能力を把握しており、個々に見合った仕事を割り当てて効率化を図っていた。

ロザリンデも執務机の端にスペースを作ってもらい、絶えず手を動かして書面に視線を走らせながら、さりげなくハイドリヒを盗み見る。

彼のきりりとした横顔からは、為政者の責任感と凄みを感じる。一つ一つの指示が的確で手際もいい。

——ネブラスカに来て日は浅いけど、私が抱いていた闇の王のイメージとは違う。普通に接していれば怖くはないし、仕事で失敗してもきつく叱られることもないもの。何よりも、こうして仕事をする姿は冷酷無慈悲な闇の王というより、優秀で頼もしい賢王に見える。

ハイドリヒの仕事姿に目を奪われていたら、いつしか手が止まっていたらしい。

いち早く気づいたハイドリヒが、横目でじろりと睨みつけてきた。

「手がお留守だぞ、ロザリンデ。そう物欲しげな目で私を見るな。また腹でも減ったのか」

「朝食は頂いたばかりですし、お腹が空いているわけでは……」

「ピカロ。何か適当に食い物でも用意させろ。ロザリンデが空腹のあまり、ぼんやりして手を止めている」

「かしこまりました、陛下。少しお待ちくださいな、ウィステリア嬢」

「用意して頂かなくても平気です。そんなに食い意地が張っているわけでは……」

「あら、じゃあ、陛下に見惚れていたの？　陛下のほうを見て手を止めていたものね。執務中の陛下は素敵だから、気持ちはよく分かるわ」

「それならそうと早く言え。手を止めていたのは許す」

「見惚れていたわけではありません！」

「ということは、やっぱりお腹が空いていたのね。陛下、こちらの書類はお預かりします」

「ピカロ、これも頼む。それと早く食い物を支度してやれ。また腹を鳴らされては敵わない」

「いえ、ですから食事は……」

「北方のレイナードへの返信はどうなっている」

「はい、陛下。もう少しで書き終わるところです」

「それが終われば、こちらの報告書に返信を」

「陛下、こちらの書類ですが――」

――ああもう、口を挟む隙がないわ！

ネブラスカ王、側近のピカロに優秀な書記官たち。彼らは口を動かしながら手も休めない。

ハイドリヒが高速で書類を捲りながら、寸分たがわぬ位置に押印していく様はもはや匠の域だった。

ロザリンデは唇を引き結んで手元に集中する。恥ずかしいやら悔しいやらで、もう二度とハイドリヒに見惚れて仕事の手を休めるものかと心に決めた。

午後になると、ハイドリヒとピカロが貴族院との議会へ行ったので、ロザリンデは執務から解放された。

休憩がてら、庭園でまったりと昼食のサンドイッチを頂いてから、城の北側にある棟へ足を運ぶ。

そこには魔法省の研究機関が置かれており、魔法に関する資料室もあって、廊下の奥の広い部屋にはシュトーを始めとした数人の魔法使いが詰めていた。

ロザリンデが訪ねると、魔法書に埋もれるように作業していたシュトーが声をかけてくる。

「ちょうどよかった、ロザリンデ。こちらへ来て魔法陣の作成を手伝ってください」

シュトーが魔法書を邪魔そうに退かして、彼女の作業スペースを作った。

数十枚の羊皮紙、羽ペンとインク壺が目の前にドンと置かれる。

「この羊皮紙に全て魔法陣を書くの？」

「そうです。よく使用する魔法の魔法陣は、ある程度ストックしておかないといけませんから。魔法の種類はこちらから指示します」

「分かった、任せて」

ロザリンデは髪を縛り直すと、腕まくりをしてペンを走らせた。

この世界では魔法と魔術の区分はされていない。

魔法陣と魔力を用いて発動させる力のことを、住人たちは総じて〝魔法〟と呼ぶ。

シュトーの指示で書き出す魔法陣の種類は、火種のないところに火を起こすものや、枯れた井戸から水脈を復活させるといった多岐にわたるものだった。

地方から要請があると、シュトーや王室に仕える魔法使いたちが、羊皮紙に描かれた魔法陣の束を携えて各地に派遣される。そして、困っている国民たちのために魔法が使われる。

それが、ネブラスカにおける魔法省の仕事の一つだ。

もちろん地面や床に直接書くこともできるが、予め魔法陣をストックしておけば時間の短縮になる。

ただ、例外が一つあった――〝治癒魔法〟だ。

医術の知識に加えて、重症患者の場合は容態に応じて繊細な魔力の調整が必要となるため、そのたびに魔法陣を書き換えなければならない。

緊急性が高いことも多く、魔法陣なしで発動させる場面に遭遇することも多々あった。

そうなると、必然的に魔法の使用後は、肉体に負荷がかかって反動で倒れるリスクが高い。使いこなせる者は希少だが、ロザリンデにはその治癒魔法の才覚があった。

細かい作業が得意で、根気があり、いざという時には思いきった判断を下す度胸もある。

努力しなければ身につかない〝医術的な知識〟と〝経験〟は、学校での実地訓練と講義で補った。

前世の自分が命を失った場面をおぼろげに覚えているから、今生は〝命を救う力〟が欲しかったのだ。

ただ、その魔法を自分に使えないのが唯一の難点だけれど。

とはいえ知識と経験がまだ足りないため、仕事の合間をみて勉強したいが、今は城の生活に慣れるだけで精一杯。しばらく自分の時間を作るのは難しそうだった。

途中で適度に休憩を入れつつ、割り当てられた仕事が終わる頃には日が暮れていた。

ロザリンデはうーんと伸びをして、テーブルに突っ伏す。

「終わったわ！　そろそろ陛下のもとへ戻らないと」

「もうそんな時間ですか。だいぶストックができたようですね。ありがとうございます」

「ええ。明日は文献の整理をするわね。あちこちで山積みになっていて、調べ物をしたくても不便だから」

「助かります。なかなか時間がなくて、整理ができないんですよ」

魔法陣のストックを作るだけではなく、魔法省では新しい魔法の研究も行なっているようで、各地の状況に応じて魔法使いを派遣しなくてはならない。手が足りなくなるのも当然だろう。

ひらひらと手を振るシュトーに「あなたも休んでね」と声をかけ、ロザリンデは魔法省を後にした。

廊下を歩いていると、お腹がきゅるると鳴る。昼食をとってから何も食べていないので空腹だ。

「お腹が空いた……早く美味しいものが食べたい」

ロザリンデはお腹を押さえて、夕食は何だろうと想像を巡らせた。

この城のコックは腕がよく、食事がとびきり美味しいため一日の楽しみになっている。

食事に想いを馳せながら、その足でハイドリヒの部屋へ向かうと、彼はリビングのソファで報告書を読んでいた。夕食の支度を待っているようだ。

城にはダイニングルームもあるが、ハイドリヒは仰々しい晩餐を嫌うらしく、私室で静かに夕食をとるのが日課だった。

「お待たせいたしました、陛下。夕食のお支度をしますね」

「支度はメイドに任せてあるからいい。それより、ロザリンデ」

ハイドリヒが、こちらへ来いと手招く。「手を出せ」と言われたので、ロザリンデは素直に従った。

すると、差し出した両手に、可愛らしい包み紙に包まれたキャンディーがぱらぱらと乗せられる。

「お前はよく働いてくれている。褒美だ」

目を丸くしたロザリンデは、ハイドリヒの顔とキャンディーを見比べて思わず笑みを零した。

冷酷無慈悲のはずの闇の王が、仕事の褒美に可愛らしい包み紙の菓子をくれるなんて、誰が想像したことだろう。

――褒美にキャンディーをもらうなんて。私、食い意地が張っていると思われているのかしら。

「ありがとうございます。仕事の合間に頂きます」

「褒美がそれだけでは不満だろう。久しぶりに貴族らしいことをしたくはないか？」

「貴族らしいこと、ですか。一体どういったことでしょうか」

「来週、城で夜会を開く。そこへ、お前の身分を隠して客人として招いてやろう」

「よろしいのですか？」

「構わない。夜会は退屈だが、お前がいれば少しは気が紛れるだろう。たまには貴族連中の機嫌も取っておかねばならないからな。あいつらの中にはお前の顔を知る者もいないだろう」

「そういうことでしたら、ありがたくお受けいたします」

国王直々の招待だ。

断るのは非礼だし、久しぶりに夜会に出られるのも嬉しかったので、ロザリンデは二つ返事で了承した。


あくる日、ロザリンデは深刻な問題にぶち当たり、昼食の休憩がてら庭園で頭を抱えていた。

「どうしよう……夜会で着るドレスがない……」

ハイドリヒの招待を受けたものの、夜会用のドレスを持っていない。

祖国から持ってきたのは動きやすさを重視した質素なドレスばかりで、夜会へ着ていけるような代物ではなかった。

最終手段としては、ピカロに相談して相応のドレスを用立ててもらうしかないだろう。

夜会へ行くことになるとは思ってもいなかったから、こんなことなら侯爵家の屋敷から一着くらい夜会用のドレスを持ってくるべきだった。

ロザリンデが噴水の縁に腰かけて、肩を落とした時だった。

目の前にある垣根の枝葉がごそごそと動き始めて、葉っぱの隙間から獣の頭がぬっと出てきた。

「⁉」

突然の出来事に、さすがのロザリンデも驚いて、思わず中腰になる。

獣が頭を引っこめた。その直後、垣根の脇から黒い毛並みを持った犬らしき動物が現れる。

――あれって、犬……じゃないわよね。顔のシュっとした感じが、図鑑で見た狼みたい。でも、城で狼を飼っているなんて聞いたこともないし、魔力も感じるけど……もしかして、魔物？

ロザリンデが噴水の反対側に回って様子を窺っていたら、黒い狼が大きな欠伸をしてふさふさの尻尾を振りながら近づいてくる。

おそるおそる手を伸ばして頭に触れたら、狼がはロザリンデの足にすり寄ってきた。

「あなた、とても人懐こいのね」

前に屈みこんで頭や顎を撫でてやったら、尻尾の勢いが増した。

ざらついた舌で手のひらを舐められ、もっと撫でてと言わんばかりにすりすりと身体を押しつけてくるから、ロザリンデの警戒心は一瞬で消失した。

「なんて愛らしい子なの。いい子ね、よしよし」

ロザリンデが噴水に腰かけると、狼が膝の上にぽんと顎を乗せてくる。

優しく頭を撫でながら顔を覗きこむと、狼の瞳は透き通った黄金色をしていて、瞳の中央には瞳孔らしき黒い部分があった。

「陛下と同じ瞳の色ね。でも、この狼の瞳……どこかで……」

『――これを、わたしにくれるの？　うれしい、ありがとう！』

一瞬、いつのものか分からない記憶が頭を過ぎったので、ロザリンデは軽い目眩を覚えた。

「っ……今のは……」

――前世の記憶？　それとも子供の頃の記憶かしら？

頭をとんとんと叩いていたら、黒い狼が首を傾げて見上げてくる。

まるで「どうかしたの？」と尋ねるような狼の仕草に、笑みを零したロザリンデはかぶりを振った。

「何でもない。それより、あなたは魔物なの？　それか、誰かが城で飼っている狼？」

狼がぱかりと口を開けて能天気に欠伸する。相変わらず尻尾は揺れていた。

「大人しいし、危害はなさそうね。まぁいいか、ちょうどよかった。あなた、よければ誰にも言えない私の悩みを聞いてよ」

どうせ他に相談できる相手もいない。

試しに言ってみたら、狼がロザリンデの横にお座りをして耳をピクピクと動かす。聞いてくれるらしい。

「実は、このお城で開かれる夜会に招待してもらったの。だけど、夜会用のドレスがないのよ」

「クゥーン？」

「もともと修道院へ行く予定だったから、ドレスなんて持って来なかったの。国を出た時に通貨は持たせてもらえなかったし、まだお給金ももらえなくてドレスを買うことができないから、どうしたものかと悩んでいるのよ」

「グルル……」

「やっぱりピカロさんに相談して、ドレスを用立ててもらうのが現実的ね。もしくは、お給金を前借りして街までドレスを買いに行くとか」

「クゥーン……」

「そうなの。悲しい現状なのよ」

狼が相槌を打つように絶妙なタイミングで鳴くので、ロザリンデは胸の内に溜めこんでいた不安をぺらぺらと喋り続けた。

「私は周りからこそこそ言われるのは慣れているからいいけど、みすぼらしい格好をしていたら招いてくださった陛下に恥をかかせてしまうから、それだけは避けたいのよね」

ため息をつくロザリンデを、狼は琥珀の瞳で見つめていたが、不意に尻尾を振りながら立ち上がった。

そして、前足を彼女の膝に置いて身を乗り出し、頬をぺろんと舐めてくる。

「っ……いきなり舐めるから、びっくりしたわ。どうしたの？」

もう一度ざらついた舌で顔を舐めた狼が、ぱっと後ろに離れた。踵を返して垣根の向こうへ消える。

それきり戻ってくる気配がないので、ロザリンデは舐められた頬を撫でて苦笑した。

――人の言葉が分かるみたいだったし、なんだか変わった狼ね。やっぱり魔物の類なのかしら。

その時、どこからかくすくすと笑い声が聞こえた気がして、ロザリンデははっと顔を上げる。

「誰？」

怪訝に思って辺りを見回したら、今度は狼が消えたのとは逆方向の垣根がガサガサッと揺れた。

また獣でも現れるのかと思って身構えると、見知らぬ少年が顔を出す。

ロザリンデは、なんだ人間かと安心して肩の力を抜いたが、すぐにぎくりと身を強張らせた。

こちらの様子を窺っている少年は黒髪に赤い瞳を持ち、額の中心には漆黒の角が一本生えていたのだ。

この世界において額に角が生えた少年といえば――。

「っ、あなた、誰だか知っているわ……！　闇のドラゴン、レイでしょう」

ロザリンデがすっくと立ち上がると、少年もにっこり笑って垣根の陰から出てきた。

「ご名答。わしは闇のドラゴンだ。この姿は魔力を持つ者にしか見えん」

闇のドラゴン。この世界で欠かせない存在だ。

ゲームだとノーアを舞台にして話が進むので登場頻度は少ないが、後半になってネブラスカ王と一緒に出てきていた。

普段は少年の姿をとっているが、彼の本性は自在に空を飛んで魔法を操るドラゴンの古代種。

古に、彼が光のドラゴンと戦ったことで、この世界――クレシェンテがノーアとネブラスカの二つの国に分かたれたのだという。

今はネブラスカの守護神となり、ネブラスカ王に闇の力の加護を与えているとされる。

角を生やした少年が、軽やかな足取りでロザリンデのもとまでやってきた。

「おぬしは、ロザリンデ・ウィステリアだな。ノーア出身の令嬢だ」

「よく知っているのね」

「わしは、ネブラスカ王の末裔、ハイドリヒと契約を交わしておるのでな。この国を守護し、王族の末裔に加護の力を与える代わりに、城で悠々自適に住まわせてもらっておるのよ。ゆえに、この城で起きることやハイドリヒの周りで起こることは全て把握しておる」

目線を合わせるように屈んだロザリンデに、レイは人懐こい笑みを向けてくる。

「闇のドラゴンって、本当に実在したのね。しかも、こんな少年の姿で……この角は、本物？」

「本物だぞ。触ってみるか、ほれ」

許可をもらって硬い角に触らせてもらう。本物の角だった。

「わしは本来、人の営みには介入しない。争い事にも興味がない。ただ、おぬしには興味があるのでな。こうして挨拶をしておこうかと。それに、おぬしと、あれの戯れを見ておったら……くくっ……面白くてなぁ」

「あれ？」

「聳え立つ山のようにプライドが高いくせに、おぬしの前では呆気なく捨てておったな」

——山のようなプライド？　何のこと？

意味が分からなくて首を傾げたら、レイは首を横に振ってロザリンデの額をこつんと押した。

「しかし、おぬしがロザリンデか。ずっと会ってみたかった」

「ずっと？　私がこの城に来て、まだ間もないんだけど」

「おっと」

レイが口を押さえて後ろに飛びのき、くるりと踵を返した。

「これ以上は言わんでおこう。わしが叱られてしまう」

「ちょっと待って。あなたが闇のドラゴンなら、もしかして色々と知っているの？　私のことだけじゃなくて、ルナのことも……」

「ロザリンデ」

レイが遮るように言葉を被せて、魔法使いのように人差し指を振って見せる。

「次に会った時にでも、色々と話そうではないか。今日はおぬしも時間がないだろう」

その台詞が終わるのと同時に、ピカロがロザリンデを呼ぶ声が聞こえた。

それに返事をしてレイと向き直ったら、さっきまでいたはずの少年の姿は跡形もなく消えていた。

「挨拶をして、あっという間に消えたわね」

ロザリンデは腰に手を当てながら、はぁとため息をついた。

ゲームの登場人物が前ふりもなく現われた時の感覚は、いつまで経っても慣れない。

それにレイは色々と知っているみたいだった。次に会う時は訊きたいことが山ほどある。

両手をぎゅっと握りしめると、ロザリンデは踵を返した。

結局、その流れでピカロにドレスの件を相談し、採寸してもらってドレスを用立てる運びとなった。

数日後。夕食の後片づけを終えたロザリンデは、ハイドリヒに呼び止められた。

「お前に渡すものがある」

ハイドリヒが短い呪文を唱えると、リビングのテーブルの上に大きな箱が現れる。

開けてみろと言われたので、それに従うと、ロザリンデの瞳の色と同じ薔薇色（ローズレッド）のドレスが入っていた。

「これは、どうして……もしかして、ピカロさんが陛下にご相談されたのですか？」

「いや、もとから用意するつもりでいた。お前を招待したのは私だからな。お前のために夜会用のドレスを用意しろとピカロに言いつけたら、すでに相談を受けていたと聞いた」

ロザリンデはドレスを身体にあててみた。

上質で手触りのいいシルク生地に、胸元がほどよく開いたデザイン。

スカート部分は薔薇の花弁のように生地が何層も重ねられていて、より一層華やかだった。

「こんなに素敵なドレスをありがとうございます、陛下」

「他に入用なものがあれば、用意するが」

「大丈夫です。化粧道具は持っていますし、アクセサリーはこのペンダントをつけていきますから」

アクセサリーとして一役買う魔石のペンダントを示したら、ハイドリヒが目を細めた。

「お前は、いつもそれをつけているな。魔力の籠もった魔石のようだが」

「魔石だと見破るとは、ご慧眼ですね。これは子供の頃から持っているんです。おそらく誰かに頂いたものですが、相手が誰なのかは自分でもはっきり覚えていません。両親も不思議がって取り上げようとしたみたいですが、私が嫌がって泣き叫んだようで、それ以来ずっと肌身離さず持っています」

ロザリンデは涙の雫の形をしたペンダントを持ち上げる。

魔石は本来、魔物たちの魔力の核となる心臓が死したのちに宝石となったものや、強い魔力が放出された際に生成される希少なものだ。いわゆる魔力の塊である。

魔法の効果を強めたり、遠方にいる者と通信できるなど、用途は様々だ。

「魔法大学で親しかったロドヴィク先生に調べてもらったら、この魔石には相当な魔力が籠(こ)もっているとのことでした。幼い頃からずっと持っていたので、私にとっては御守りみたいなものです」

語り終えたロザリンデは、ふと、ハイドリヒの眼差しが柔らかいことに気づいた。

船上で会った時のような鋭さはなく、むしろ微笑ましいと言わんばかりの温かい視線だ。

いつになく優しい空気を纏うネブラスカ王を前にして、ロザリンデが胸をどぎまぎさせていると、彼は「そうか」と短く相槌を打ち、顔をすっと逸らしてしまった。


夜会の当日、ロザリンデは久しぶりにコルセットを着用し、ハイドリヒにもらったドレスを纏った。

白粉(おしろい)と口紅(ルージュ)で化粧をして、目元には薄らと赤いアイシャドウを入れる。アクセサリーとして魔石のペンダントを首にかけた。

鏡の前に立つと、普段の地味な装いと比べたら見違えるような美しい令嬢に変貌していた。

鮮烈な赤のドレスのお蔭で大人っぽく、かつ気が強そうなウィステリア侯爵令嬢としての姿だ。

「これなら陛下に恥をかかせることはないわね」

普段の城内で見かける貴族はピカロぐらいだし、ロザリンデは執務室と魔法省に籠もりきりだから、ハイドリヒの世話係であることを知っている者はいないだろう。のびのびと夜会を楽しめそうだ。

「それに、夜会ともなれば、きっと美味しいものがたくさんあるはずよ」

ロザリンデは拳をぐっと握りしめた。

朝食のスコーンを始めとして、この城の食事はとても美味なのだ。

足繁く厨房へ通ううちに、何故かコックに顔を覚えられてしまって、最近ではお腹が空いたらこっそり菓子をもらう時もあった。

今宵も、夜会に出された料理を端から味見してやるという心意気で夜会へ望むつもりでいたが――。

大広間に降りる階段の前で、ロザリンデは柳眉を寄せた。

「私が、陛下のパートナーですか？」

腕組みをしてロザリンデを見下ろすハイドリヒは漆黒の髪を肩に垂らし、軍服を模した夜会用の正装を纏っていて、白くてふわふわの毛皮がついた天鵞絨のマントを右肩にかけていた。

赤と黒の二色で統一された正装はいかにも〝闇の王〟といった出で立ちで、貫禄がある。

今夜の陛下はいつも以上に素敵ね、眩しくて目が潰れそう……と見惚れたのはついさっきのことだが、出し抜けに王のパートナーを務めろと言われた。

この世界では、夜会や舞踏会のような社交場にはパートナーを連れていくのがマナーだ。

大抵は夫婦や恋人、もしくは親族を同伴するのが一般的だが、ハイドリヒのように未婚の王で親族もいない場合、余計な噂が立たないよう一人で出席することも多いらしい。

「遠縁の令嬢ということにする。それとも、私のパートナーでは不満か？」

「とんでもありません。むしろ私でよろしいのですか？」

「構わない。それに、お前以外のパートナーを選べば面倒なことになるからな」

「？」

「何でもない。ほら、行くぞ」

ハイドリヒの腕に手をかけて階段を降り始めると、ざわめいていた広間が一斉に静まり返る。

ロザリンデは、緊張の面持ちで一段ずつ降りながら広間を見渡した。

こちらを見上げる貴族たちの目に映る感情は、ハイドリヒへの畏怖や好奇心など様々だった。

「……陛下がエスコートされている、あのご令嬢は誰かしら」

「……見たことがないご令嬢だな」

あちこちから、ひそひそ声が聞こえてくるが、それが逆にロザリンデの緊張を解いた。

ノーアにいた頃、記憶を取り戻して別人のようになったロザリンデは好奇の的になることが多かった。

そういう時は気に留めず無視に徹するのが一番だと学んでいた。

「皆の者、静まれ。今宵はよく来てくれた」

王の一声で、大広間は静寂に包まれる。

「こちらの令嬢はロザリンデだ。今宵のパートナーとして連れてきた。身分の高い家柄の生まれで、私の遠縁にあたる女性だ」

「ロザリンデと申します。今宵は陛下のパートナーを務めさせて頂きます」

ロザリンデはドレスの裾を摘まんで完璧なお辞儀をした。

侯爵令嬢として躾を受けて、王子の婚約者でもあったから、こういった場で紹介されるのは慣れている。

堂々と振る舞うロザリンデに、ハイドリヒが満足そうな表情を浮かべる。

立ち居振る舞いからロザリンデの育ちのよさを感じ取ったらしく、招待客たちも興味津々な様子でパチパチと拍手をしてくれた。

そして、夜会が始まる。天井では煌びやかなシャンデリアが輝き、着飾った貴婦人たちの色鮮やかなドレスも華やかで目を惹く。ダンスホールでは紳士に手を引かれた令嬢たちがダンスを始めた。

ハイドリヒが招待客に挨拶しているのを横目に、ロザリンデはテーブルに近づいていく。

テーブルにはパイ生地で魚を包んで焼いたものや、肉の照り焼き、果物がふんだんに使われたケーキなどが並べられていた。

特にケーキは種類が多く、どれも一口ずつ味見したいくらいだった。

「いざ、実食ね」

ロザリンデは澄まし顔で取り皿に料理を乗せていく。

これを食べるために夜会へ出席したといっても過言ではない。

がっつくのは不作法だと習ったので、行儀よく胃袋に詰めこめばいいのだ。

パイの包み焼きに舌鼓を打って、サラダで口直しをしてからケーキを取り分けた時、いつの間にか隣にいたハイドリヒが呆れたように言った。

「お前は夜会へ料理を食べに来たのか」

「実はそうなのです。このお城の料理は本当に美味しいんですもの」

「若い令嬢というのは、普通は夜会でダンスや会話を楽しむものではないのか」

「ダンスは苦手です。気を遣う会話も今夜は遠慮したいです」

「お前が望めば、ダンスくらいは踊ってやろうと思っていた」

「陛下ったら、ダンスのパートナーまでしてくださるおつもりでしたの？」

ロザリンデは瞠目して、堪らず破顔した。

ネブラスカ王、ハイドリヒ。実際に会うまで、彼に抱いていた印象は冷酷無慈悲な王だった。

しかし、この城で彼と交流を図るようになってから、その印象は変わっていた。

「私はダンスなんて踊らないぞ！　と、しかめっ面で言われるかと思っていました」

「今のは物真似か？」

「ええ、陛下の真似です。……私の真似をするなど不敬だぞ、ロザリンデ。命で償ってもらうしかないな」

ロザリンデがきりりとした表情を作って声色を低くすると、ハイドリヒは怒るどころか、わずかに口角を持ち上げる。

「物真似をされた程度で命まで取らない」

「そうおっしゃってくださると思っていました。陛下ったら寛容でお優しい方ですもの」

「寛容で優しい、だと？　私が？」

「仕事中にお腹を鳴らした時も、スコーンをくださったでしょう。素敵なドレスも用意してくださいましたし、私が仕事に励んだら褒美までくださいます。正直に申し上げると、もっと厳しくて恐ろしい方だと思っていました。初めて船の上で会った時も、とても冷たい眼差しをしていらっしゃったから」

「あの時は怒っていたからな」

「どうして怒っていらしたの？」

「色々あってな。しかし、お前は本当に物怖じせずに、遠慮なく物を言う」

「陛下がご不快でしたら控えますけれど」

「不快ではない。物珍しくて新鮮だ。私に抱いた印象も、もう少し聞いてみたい」

「それでは、恐れながら申し上げます。陛下は真面目な方だと思います。お仕事もそつなくこなしていらっしゃるし、あまり顔にも出されませんが、無表情というわけではありませんよね。たまに笑ってくださいますもの」

ハイドリヒの視線を横顔に感じながら、ロザリンデは周りに聞こえないよう声を小さくさせた。

「陛下は私のような者を受け入れて、やりがいのある仕事もくださいました。周りの方々も、私に優しく接してくださいます。ですから、お側に置いて頂いて、とても感謝しているのですよ」

「そうか」

「はい。……あ、陛下も何か食べられますか？　ケーキも様々な種類がありますよ」

「要らない。甘いものは苦手だ」

「それは知りませんでした。そういえば、朝食のジャムには手をつけられませんものね」

ロザリンデは辛めの味付けがされた肉の照り焼きを取り分けた。ナイフとフォークで食べやすいサイズに切ってからハイドリヒに差し出す。

「それでは、こちらはどうですか。お腹が空いていらっしゃるでしょう」

「いや、公の場では食事をしないようにしている。何か入れられていたら困るからな」

何か入れられていたら困る――重々しい響きに、食欲が失せたロザリンデはナイフとフォークを置いた。

普段の食事では警戒する素振りを見せないので、ハイドリヒが信用していないのは、この場に招待されている貴族たちなのだろう。

少年時代に不遇な扱いを受けたハイドリヒは、叔父を殺して王位を奪い返した。

その際、多くの貴族が粛清されたらしい。

しかし、貴族たちは領地の管理をしていて、なりふり構わず粛正していけば国が傾いてしまう。

おそらく断罪されたのは、王位を簒奪した叔父を大っぴらに支持した者たちだけで、密かに繋がっていた貴族たちが今も残っている。

私腹を肥やした貴族の中には腹の底が見えない者も多いから、どさくさに紛れて王の命を狙おうと企む輩がいるかもしれないと、ハイドリヒは疑っているのだろう。

目に見える敵ならばいい。見えない敵だからこそ厄介なのねと、ロザリンデは密かにため息をつく。

ハイドリヒの事情を鑑みたら、夜会の前に彼が放った台詞も得心がいった。

『――お前以外のパートナーを選べば面倒なことになるからな』

ハイドリヒが特定の女性を側に置くとなると、貴族を交えた政略的な意味合いが絡んでくる。

王の妻となる者は次期王妃の座を確約されているから、実家は絶大な力を得るだろう。

……とはいえ、彼にはアイリリスと出会い、心を奪われるという未来が待ち受けているはずだが。

「貴族や王族というのは、面倒なことばかりですね」

「ああ。女を側に置くだけで色々と言われる。お前についても皆、興味を持っているようだぞ」

「私の素性を知っている方がいらっしゃらなくてよかったです」

「ノーアとは二国会談以外の交流がほとんどなく、私も顔を知っているのは王族くらいで、貴族はほとんど知らないからな。そういえば、お前の婚約者だったジェイド王子とも顔を合わせたことがあるぞ」

「久しぶりに王子の名前を聞きました。あの方に私は嫌われていたのですよ。傲慢で分別のない女だと思われていたようです」

「私の側で働くお前を見ていると、そうは思えない」

「昔は違ったのです。他者への思いやりもない高飛車な女でした」

「想像がつかないな」

「あら、そうでしょうか。じゃあ、今の私は陛下の目にどう映っているのですか？」

――少しは使える世話係だと思われていたら、いいんだけど。

興味本位から尋ねてみると、ハイドリヒの手が伸びてきて顎を持ち上げられる。

ロザリンデが腰に手を当てながら高飛車な女を装っていると、ふっと表情を消した彼が声をひそめた。


「――賢くて美しい、いい女。夜、ベッドに忍び込んでやろうかと思うほどに」


ロザリンデはぱちりと瞬きをして、聞き間違いだろうかと思った。

――いま〝使える世話係〟ではなくて〝賢くて美しい、いい女〟って言ったの？

ハイドリヒがロザリンデの顎をちろちろと撫でて、キスができそうな距離まで顔を近付ける。

すると、ハイドリヒの香りが鼻腔をかすめた。

夜会のために男性用の香水（パヒューム）をつけているらしく、船上で抱かれた時にも感じたほのかに甘くて妖しい麝香（ムスク）

だ。

「今宵は寝所の鍵を開けておけ。私が自由に入れるようにな」

「陛下ったら、ご冗談を」

「もし鍵をかけていたら破壊の魔法でドアごと吹っ飛ばす。そのあとは私を拒絶した罰として、ベッドの上で裸にして朝まで仕置きをしてやろう」

「……本当に、笑えない冗談です」

掠れた声で応えれば、ハイドリヒの底の見えない金色の瞳が不穏な光を帯びた。

まるで〝私は本気だぞ〟と威嚇するみたいに。

ロザリンデのハニーブロンドの髪を、ハイドリヒが指に絡めた。彼女にしか聞こえない声量で囁く。

「お前の美しい髪、細い手足、私の前でも物怖じせずに話す唇、利発な思考。その全てを私は欲している」

固まるロザリンデの顎を撫でていた長い指が首筋へと下りていく。

先ほどまで不穏な光を帯びていたハイドリヒの瞳に、今度は昏い光が過ぎった。

「どこへも逃がさないようにお前を捕らえて、頑強な魔法の檻に閉じこめ、自分の意思では外に出られないよう外側から鍵をかけてしまおうか。それくらい、私には容易いことだから」

魔法の檻に閉じこめられて、鍵をかけられる……それは歪んだ独占欲の表れで、熱烈に口説かれているようにも思えてしまう。

目を白黒させたロザリンデは、薄らと頬を染めながら目を逸らす。

――彼は、私をからかっているのかもしれない。こんなの、どう応えたらいいか、分からないもの。

何か喋らなくてはと頭を回転させつつ、ロザリンデは咳払いをして平静を装った。

「私を捕らえて閉じこめたいだなんて……そのあとは、どうされるおつもりなのですか？」

「どうもしない。ただ、お前を私のものにしたいだけだ」

「本気でおっしゃっているの？」

「冗談では言わない。謁見の間で顔を合わせた時から、私はお前に興味を持っていた」

「……そういう意味で、興味を持ってくださっていたとは思いませんでした。魔法を使える者が欲しかったとおっしゃっていましたし」

「無論、優秀な人材を欲していたのは事実だが――」

顔を寄せてきたハイドリヒが、声を低くした。

「お前を世話係として召し上げたのは、私自身がそう望んだからだ。しばらく側に置いてみて、ますます気に入った」

これが普段の軽口を叩くような雰囲気ならば、澄まし顔で聞き流すこともできた。

しかし、先刻からハイドリヒは真剣な表情を崩さず、口調も真面目だ。彼女を気に入ったという言葉も嘘とは思えない。

ロザリンデの鼓動が早鐘を打ち始めた。耳の先まで、じわじわと熱くなってくる。

これまで婚約していたジェイド王子には相手にされず、異性に言い寄られたことも一度もない。

だから、この状況で、どうかわせばいいのか分からなかった。

ハイドリヒが纏う麝香の匂いを嗅いで、熱っぽい眼差しを受けていると落ち着きがなくなっていく。

「私はまだ陛下と会ったばかりですが……どこを、そんなにも気に入ってくださったの？　先ほどもおっしゃっていたように容姿ですか？　それとも性格？」

「何もかも、全てだ」

ハイドリヒが押し殺した声できっぱりと答えた。

彼が躊躇なく断言するものだから、ロザリンデは今度こそ言葉を失って赤面する。

そうして見つめ合っていた時、若い女性を連れたピカロがやってきた。

「陛下、遅れて申し訳ありませんでした。ご挨拶を……っと、もしかしてお邪魔してしまいましたか？」

「っ……そんなことはありません。こんばんは、ピカロさん」

「こんばんは。ウィステリア嬢」

ピカロのお蔭でハイドリヒの意識が逸れたので、ロザリンデはほっと胸を撫で下ろす。

あのまま視線を絡めていたら、後戻りできない場所まで心を持って行かれていたかもしれない。

ハイドリヒは、ピカロがエスコートしている赤毛の女性に目をやって瞠目する。

「コーネリアか。体調は大丈夫なのか」

「はい、陛下。お久しぶりでございます」

コーネリアと呼ばれた令嬢がお辞儀をする。美しく線の細い女性で、どことなく顔色が悪い。

ピカロが、ロザリンデにもコーネリアを紹介してくれた。どうやらピカロの婚約者らしい。

「はじめまして、ロザリンデと申します」

「はじめまして、ロザリンデ様。どうぞよろしくお願いします……けほっ、けほっ……申し訳ありません」

挨拶の途中でコーネリアが小さな咳をする。すかさずピカロが彼女の肩を抱いた。

「コーネリア。無理してはいけないよ。貴賓室で休憩しようか」

コーネリアと話すピカロは、いつもの女性らしい口調ではなかった。

病弱な婚約者をしっかり支える姿も、執務室で軽口を叩きながら仕事をこなす姿とは印象が違う。

「でも、ピカロお兄様。折角の夜会です。招待してくださった陛下にご挨拶をしたかったものですから」

「今夜だって無理を押してきたんだ。ご挨拶できたから、もう満足だろう。……陛下、申し訳ありません。少しコーネリアを休ませてきます」

「ああ。そうしてやれ」

ピカロはぺこりと頭を下げたコーネリアの手を引いて、貴賓室へ向かう。

ロザリンデが興味津々で見送っていると、ハイドリリヒが小声で説明してくれた。

「ピカロとコーネリアは幼馴染(おさななじみ)だ。幼い頃はお姉様と呼ばれていたらしい。それが気に食わなくて彼女の前では男の口調をするようになったとか」

「ああ、それでピカロさんのことをお兄様と呼んでいるのですね。以前から気になっていたのですが、ピカロさんは、どうしてあのような口調に？」

「ピカロには姉が四人いて、妹扱いをされて育ったために影響を受けたようだ。しかし、ピカロは正規軍を指揮できる軍人の一面もある。……そのお蔭で随分と助けられた」

ハイドリリヒが一言付け足した時だった。

大広間を出ようとしていたコーネリアの身体が横に揺れて、そのまま床に倒れてしまった。

「コーネリア！」

ピカロの叫びを聞いた瞬間、ロザリンデは弾かれたように駆け出した。

何事だと群がる貴族たちをかき分けて、卒倒したコーネリアの傍らに屈みこむ。

「ピカロさん！　コーネリア様は、どうされたのですか」

「分からないわ。もともと身体が弱くて、心臓の動きがおかしくなる持病もあるの。こうして急に倒れる時もあって……」

「少し失礼します」

ロザリンデはコーネリアの首筋に指を当てて脈を計り、青白い顔をくまなくチェックした。

小刻みに上下する胸に耳を当ててみると、心臓が不規則に動いている。

「発作を起こしていますね。持病の種類にもよりますが、心臓を患っている方は血液の循環がおかしくなって倒れる場合があります。放っておくと呼吸が止まりますよ。薬はお持ちですか？」

「コーネリアは薬のアレルギーがあるから、今は自然療法をしているところなの。発作が起きた時は、治まるまで待つしかなくて……」

「そうですか。分かりました」

「分かりましたって、ウィステリア嬢、いったい何を……」

ざわめく大広間の中で、ロザリンデは腕まくりをしてコーネリアの心臓の上に手を翳した。

ハイドリヒが人ごみを退かせて傍らにやってきた気配を感じたが、彼女はゆっくりと目を閉じる。

魔法陣を用意する暇はない。

心臓が機能不全を起こして発作が起きたのなら、それに見合う魔法がある。

血液と共に体内を巡回している魔力を右手に集中しながら、治癒魔法の呪文を唱えていく。

「――我が魔力よ、駆け巡れ、光と闇の力を借りて、この者を癒せ――」

ロザリンデの髪が浮き上がり、ぽつぽつと宙に現れた淡い光の球が右手に吸いこまれていった。


「治癒！」


パァンッ！　と何かが弾けたような音が響き渡り、コーネリアの身体が光に包まれる。

荒い呼吸が徐々に整っていき、青白かった顔にも赤みが差してきた。やがて睫毛が震えて目が開く。

「コーネリア……！」

「……ピカロ、ピカロお兄様？」

ピカロが、きょとんとするコーネリアを抱きしめて頬ずりしている。

滅多に使い手のいない治癒魔法を目の当たりにして、広間はどよめきに包まれた。

「心臓の動きを整える魔法をかけました。発作は治まったはずです。血の巡りもよくなるので、しばらく身体の調子もいいでしょう。アレルギーで身体に合う薬がないのなら、定期的に治癒魔法をかけて様子を見るのも一つの手ですね。私でよければ診させて頂きます。それが、私自身の、勉強にもなりますから……」

ロザリンデは喋りながら、くらくらと目眩を覚えた。魔法陣なしで魔法を行使した反動だ。

頭の軸がぶれて倒れそうになると、すかさずハイドリリヒの腕が伸びてきて支えてくれる。

「陛下……申し訳ありませんが……今宵はもう、部屋に下がらせて頂きたく……」

「構わない。立てるか？」

「……無理かもしれません。意識を、保てなくて……」

「私が部屋まで運ぶ。よくやった、ロザリンデ」

ハイドリヒが褒めてくれたが、彼の表情は暗かった。

――どうして、あなたがそんな顔をするの？

ロザリンデは疑問に思ったけれど、それきり意識が遠のいて、彼の腕の中で気を失ってしまった。

◆

大広間から連れ帰ったロザリンデをベッドに寝かせて、ハイドリヒは毛布の端から出ている華奢(きゃしゃ)な手を握った。枕元の明かりを灯(とも)して血色の悪い寝顔を見つめていたら、いつの間にか窓が開いていてテラスからレイの声がした。

「見ておったぞ、ハイドリヒ。おぬしが欲しがっていた治癒魔法の才を、まさかロザリンデが持っておるとはな。皮肉なものよ」

「レイ。ロザリンデが目を覚ましたらどうする気だ。軽率に姿を現すな」

「そう邪険にするな。心配は不要だぞ。すでにロザリンデには挨拶を済ませたのだ」

「お前、また勝手な真似をして」

「いちいち目くじらを立てるな。ロザリンデは、わしを見ても驚かなかったぞ。それどころか、わしの正体を言い当てた」

額に角を生やした少年が、テラスの手すりから飛び降りて部屋に入ってくる。

「近いうちに、ルナのことも話してやろうと思っておるのだ。……ああ、そう睨むな。話すのはルナのことだけだ」

レイは睨みつけるハイドリヒに手を振ると、ベッドに飛び乗った。そして、呼吸の荒いロザリンデの顔を覗きこむ。

「魔法陣なしで治癒をしたゆえ、魔力の循環がおかしくなっておるようだな」

「私には治癒魔法が扱えない。レイ、お前なら何とかできないか？」

「魔力の流れをよくしてやれば楽になるだろう。しばし待て」

レイがロザリンデの額に手を置くと、少しずつ呼吸の乱れが整って顔色もよくなった。

「こんなものか。明日の朝には目覚めるだろう」

「礼は言っておく」

「おぬしの口から礼の言葉を聞くとはな。珍しいこともあるものだ」

にかっと笑ったレイが、仏頂面をするハイドリヒの額を小突いてベッドから降りた。

「さて、わしはもう行くが……ああ、そうそう。来月は例年通り北方のレイナードへ行くのだろう。ロザリンデも連れていくつもりか？」

「そのつもりだが、何故だ？」

「わしもレイナードまで同行するゆえ、ロザリンデとゆっくり話す時間が作れそうだと思ってな。それに、あの都市には闇の神殿と、闇の塔がある。色々と説明するのにはちょうどよかろう」

そんな言葉を残して、レイは窓の向こうへと消えた。ひとりでに窓が閉まって室内は静寂に包まれる。

気まぐれなドラゴンは神出鬼没で、何を考えているのか分からない。

ハイドリヒは深いため息をついてから、すやすやと寝息を立てるロザリンデに視線を戻した。

天蓋からレースのカーテンを下ろし、眠る彼女の髪をほどいて真っ赤なドレスをぎこちない手つきで脱がしていく。

きついコルセットも外してやり、薄暗がりの中で露わになった白い肌にそっと毛布をかけた。

「やっと、お前を手元に置けたんだ」

ロザリンデがここの生活に慣れるまで様子を見ていた。

これからは本気を出して口説き、その心を陥落させてみせよう。

起きる気配のないロザリンデの額に唇を押し当てて、ハイドリヒは低い声で呟く。

「ロザリンデ、私を見ろ――私に心を開け渡せ」

そしてハイドリヒ・ベルンシュタイン・ネブラスカを、どうか愛してくれ。

第三章　北方都市レイナードにて、伝承の真実を知る

それは一体、いつの記憶だろう。

厚い雲がかかっていて、星の見えない夜。

初雪の気配を感じるほどに空気はキンと冷えて澄み渡り、海浜公園の海に映る極彩色のネオンはひときわ美しく見えた。

それを眺める私の隣には、誰かがいた。

その誰かの顔は、まるで黒いペンでぐしゃぐしゃと塗り潰されたようにはっきりと見えない。

『――お前が……だ…………何が……も……』

声もノイズ交じりで、よく聞き取れなかった。

私も口を動かして何かを言ったはずなのに、相手の反応も、その先どうなったのかも覚えていない。

ただ、一つだけ――とても――そう、とても幸せだった気がする。

◆

やたらと、もふもふとしたものが傍らにある。

ロザリンデは目を閉じたまま手を動かした。毛布とは違うふさふさの感触が指先に当たったので、すり寄ってみる。

――前世の夢を見ていた気がする。冬の海浜公園で、誰かと一緒にいて……なんだか、幸せだった。

夢の内容を思い出そうとしながら、もふもふの物体に顔を埋めて枕にしていると、ぼふん、ぼふん、と謎の音が聞こえた。

――この音は、何なの……さっきからずっと、横のほうで鳴っているけど。

ロザリンデは薄目を開けて、ようやく自分が枕にしているものの正体を知った。

「……あなた、また忍びこんできたの……？」

城の庭園で出会った黒い狼が悠々とベッドに寝そべっており、ロザリンデの枕になっていた。

先ほどから鳴っていた異音は、勢いよく揺れる狼の尻尾がシーツを叩く音だったのだ。

ここしばらく、人懐こい狼は部屋に鍵をかけていてもお構いなしで、毎夜ベッドにもぐりこんでくる。

はじめはロザリンデも警戒していたが、狼が害を与えてくる様子はなく、ただ添い寝をしているだけだから放置していた。

それに、もふもふに包まれて目覚める気分も悪くはない。

「毎朝、どうやって入ってくるの……強い魔力の気配もするし……やっぱり魔物なのかも」

ロザリンデは寝ぼけながら狼に乗り上げた。ネグリジェに包まれた身体を押しつけて、毛並みに頬ずりしていたら、尻尾がより一層激しく揺れる。

どうやら、非常に喜んでいるようだ。

「もう、魔物でもいい……毎日忙しくて、癒しが欲しいの……ああ、もふもふ……」

「クゥーン……」

存分に撫でまくっていたせいか、狼が心地よさげに首を捩ってごろんと腹を出した。

完全に服従の体勢である。毛量のある尻尾が騒々しくシーツを叩いていた。

「そんな無防備な格好をして、いっそ心配になるほど人懐こいわね……分かった。もっと撫でてあげる」

欠伸をしたロザリンデは完全にでれでれになった狼に覆いかぶさり、ざらついた舌で舐められながら、もふもふの狼によって得られる癒し効果を存分に味わった。

満足した頃、ロザリンデはベッドを出てクローゼットを開ける。

シーツの上で伸びをした狼も、しなやかな動きで床に飛び降りて、隣にやってきた。

あの夜会のあと、快癒したロザリンデにハイドリヒが「治療の褒美だ」と言って、ドレスを何着も贈ってくれた。恐縮しながら受け取ったが、普段使いするには躊躇われて手を付けられずにいる。

今日も今日とて、地味なハイネックドレスを選ぼうとしたら、狼が別のドレスの裾を噛んで引っ張った。

「それがいいの？」

コルセットなしで着られるワンピース型の赤いドレス。

華美な装飾はなく、生地も柔らかくて動きやすそうだが、デコルテが出るデザインだった。

ハイネックドレスよりは女性らしさはあるだろう。

「そうね……動きやすそうだから、着てみようかしら。折角、頂いたものだし」

ドレスを手に取ったら、狼が満足そうにお座りをして尻尾を揺らした。

ちらりと見下ろすと目が合って、なんだか微笑みかけられた気がした。

「あなた、人間の言葉も分かるみたいだし、もしかして誰かが変身しているわけじゃないでしょうね。さすがに、レイ……ではないか。じゃあ、陛下とか。あの方なら動物に変身くらいできそうだし、目の色だって同じだもの」

胡乱（うろん）な目で見下ろすが、狼は耳をピクピクと動かしただけで欠伸をした。そして、じゃれつくようにロザリンデの足にまとわりついてくる。

ハイドリヒだったら、こんなふうに懐いてはこないか。

ロザリンデがネグリジェを脱いで素肌を露わにすると、またもや視線を感じた。

狼が尻尾を振りながら見つめてくるものだから、ロザリンデは両手で肌を隠した。

「レディが着替えをする時は、あっちを向きなさい。いくら狼だからって、許されないのよ」

「グルル……」

「不満そうに唸（うな）らないで」

狼が拗（す）ねたようにそっぽを向いた。そんな仕草も人間めいている。

そうして眠気を堪えながら身支度を整えている間に、狼はいなくなっていた。現れる時は唐突で、去る時も煙のように消えてしまうのだ。

毎朝のことなのでロザリンデは気に留めず、ハイドリヒの部屋へ足を向けた。

「おはようございます、陛下」

ベッドルームのカーテンを開け放つと、ハイドリヒは天蓋の下ろされたベッドで眠っていた。

「朝ですよ、陛下。起きてください」

ベッドを覗きこんで声をかけると、ハイドリヒが金色の瞳を瞬いて、クローゼットまで着替えを取りにいくロザリンデを目で追う。

「そのドレス……」

「陛下に頂いたドレスです。着てみましたが、どうでしょうか」

新品のシャツを取り出しながら尋ねると、ハイドリヒが寝起きの獣のように緩慢な動きで身を起こした。

そのままベッドを降りてロザリンデの正面にやってくる。

長身の彼にじっと見下ろされて、ロザリンデが思わず後ずさると、空けた距離を縮められた。

壁際まで追い詰められていき、とうとう逃げ場がなくなったところでハイドリヒが口火を切る。

「いつもの野暮(やぼ)ったい服装より、そのほうが似合うな」

「……ありがとうございます」

「明日からは、私の贈ったドレスを着てこい。お前の美しさが映える」

前屈みになったハイドリヒが顔を傾けてきたので、ロザリンデは咎(とが)めるように彼の肩を押した。

「分かりましたから、そんなふうに顔を近づけないでください」

「このほうが着替えをさせやすいだろう。早く着せてくれ」

いつものようにシャツを着せてボタンを留めていく間、ハイドリヒは両手を壁に突いて、ロザリンデの一挙一動を見下ろしていた。

目線を上げれば、すぐそこにハイドリヒの真剣な顔がある。少し近すぎる距離だった。

「陛下。そのように見つめないでください」

「お前は美しい顔立ちをしているな」

「またそのようなことをおっしゃって、美しい女性など見慣れていらっしゃるでしょう」

「今まで興味がなかったから考えたこともなかった。私が興味を持った女は、お前が初めてだから」

ハイドリヒの顔が近づいてきた。

ロザリンデが咄嗟に横を向くと、彼の冷たい唇が頬に触れる。

「っ……」

「狙いを誤った。次は唇にしよう」

「こういった行為は困ります。私はただの世話係なのですから」

「ならば、お前を私の妃として召し上げるか。それならば構わないのだろう」

適切な距離をとろうと後ろに下がったら、背中がトンっと壁に当たった。逃げ場がない。

狙いを定めた狼のような鋭い双眸に射貫かれて、ロザリンデは顔を赤らめる。

あの夜会の日から、こうして二人きりの時にハイドリヒが迫ってくるようになった。

この強引さで毎度のごとく追い詰められたら、さすがのロザリンデも照れて心をかき乱される。

「私を妃にするなどと、ご冗談でしょう。一体、どうしてしまわれたのですか?」

「実を言うと、最初からお前を女として手元に置きたかった」

「陛下……それは初耳なのですけれど」

「初めて言ったからな。日頃の真面目な仕事ぶりも気に入った。治療の評判もよく、お前を頼る者が増えるいっぽうだ。ますます欲しくなった」

「分かりました、陛下。それでは、ひとまずこうしましょう」

「だめだ」

「まだ何も言っておりませんが」

「ひとまず落ち着いて着替えろと言うのだろう。昨日もそうだった」

ため息交じりに告げたハイドリヒがロザリンデの手を取り、はだけたシャツの隙間へと導いた。

身を強張らせるロザリンデの様子を窺いながら、ハイドリヒが彼女の手を自分の胸板に押しつけた。

「お前は、こうして私に触れても何も感じないのか？」

指先に厚みのある硬い胸板が触れていた。襟の隙間から男らしく均整の取れた身体つきも見える。

ロザリンデは、わずかに上ずった声で応える。

「……す、素敵な胸筋をお持ちですのね、陛下」

「色気のない感想だな」

「ご期待に応えられなくて、申し訳ないのですが……私はこういったことに慣れておりません。ほとんど男性に触れたこともありませんので、他に言いようがないのです」

こんな情けないことは言いたくないが、誤魔化（ごまか）しきれない事実だった。

もし言葉の上での駆け引きならば、ロザリンデはもっとうまく言い繕（つくろ）えただろう。

しかし、こうして直に触れさせられて口説かれたら、どうしたらいいか分からなくなる。

ロザリンデが紅潮した顔を背けると、ハイドリヒが手を解放してくれた。

「ジェイド王子とも、触れ合ったことがないのか？」

「あの方は、私に近づきもしませんでした。嫌そうに振り払われたことは何度もありましたが、それ以外では指一本、触れられたことはありません」

口を尖（とが）らせながら白状して、黙りこむハイドリヒのシャツのボタンを留めていく。

てきぱきとボタンを留め終えたところで、ハイドリヒが額にキスをしていった。

「っ……」

「ジェイド王子は女を見る目がないようだな。しかし、お前に手を出さなかったことは感謝しよう。お蔭で純情なまま、お前は私のもとへやって来た。以後、口説き方には気をつける」

「異議を唱えます、陛下。私は純情ではありません」

「自分の顔を鏡で見てから、そう言え」

ハイドリヒが林檎（りんご）のように赤くなったロザリンデの頬を、大きな両手で包みこむ。

思いのほか優しい手つきで、朱色に染まった頬をむにむにと揉（も）まれた。

「陛下、そのように頬を揉まないでください」

「今日はこれで許してやろう」

「いくら陛下であろうとも、そうやって女性の顔に気安く触れるのはよくないことだと思います」

「なんだ、顔以外なら気安く触れてもいいのか。ならば遠慮はしないぞ」

「私の頬でよろしければ存分に揉んでくださいな」

即座に前言撤回すると、ハイドリヒが顔を背けて肩を揺らした。笑っているらしい。

その姿に目を奪われていたら、ロザリンデのお腹がきゅるるると鳴った。

「あ……」

「お前は、また腹を空かせているのか」

「昨夜、あまり食べなかったものですから」

「朝食をとろう。今日も忙しい。朝のうちに食べておけ」

ハイドリヒが離れてくれたので、ロザリンデは頬の赤みを残したまま、素直すぎる腹の虫に感謝した。

その日の午後、ロザリンデは魔法省の棟へ足を運んだ。

「シュトー。あなたにお願いがあるんだけど」

「僕にお願いなんて珍しいですね。見返りはあるんですか？」

山積みになった魔法書の隙間から顔を覗かせたシュトーが、ちゃっかり見返りを要求してくる。

ロザリンデは腕組みしながら微笑んだ。

「見返りは、これまで以上にここの仕事を手伝う。陛下の許可も頂いてきたのよ。朝晩は陛下のお世話をすることになるけど、この棟で治療室も用意してもらうことになったし、治療の合間にあなたの研究の手伝いもする」

「僕としてはありがたいですが、随分と忙しそうですね。大丈夫なんですか？」

あの夜会で治癒魔法を披露してから、ロザリンデはコーネリアの治療をするようになり、他の貴族たちからも治療してほしいという要望が増えた。

そのため、魔法省がある棟の一室に治療室を設けてもらい、そこで治療を請け負うことになった。

「それは大丈夫。これまでは陛下の執務のお手伝いもしていたけど、その時間を魔法省や、治療の仕事に当てていいと言われたから、だいぶ余裕ができたの」

ハイドリヒの計らいだった。お蔭で治癒魔法や、魔法省での手伝いに専念できそうだ。

その反面、治療のために城へ足を運ぶ貴族が増えることで、ロザリンデの素性をどうするかという問題が浮上した。

そこでハイドリヒやピカロと相談し、ロザリンデは魔法省に引き抜かれた優秀な魔法使いだと、それとなく話を広めた。

ネブラスカはノーアと違って、魔法を使える者はそう多くない。

まして希少な治癒魔法の使い手となれば貴重な人材で、魔法省の一員だと分かれば、貴族たちも詮索はせずに一日置くだろうというのが狙いだった。

もちろんノーア出身の令嬢だという点は伏せている。

「なるほど、いいでしょう、僕にできることなら願いを聞きますよ」

「ありがとう。シュトーは転移魔法を使える？」

「使えますが、陛下のように人間を転移させるのは無理ですよ。あれは膨大な魔力を必要としますから」

「ノーアに手紙を送ってほしいの。転移魔法なら、すぐに手元に届くだろうから」

「それなら可能です。ただし、届ける相手の名前と詳細な所在地が必要ですよ」

「届ける相手の名前は、アイリリス・クラーロ。所在地は――」

ロザリンデは手紙をシュトーに託すと、窓辺の席について魔法陣の作成を始めた。

アイリリスに宛てた手紙には謝罪と、自分はいじめをしていなかったという内容を綴った。

ロザリンデが屋敷で謹慎しながら沙汰を待っていた時、アイリリスは亡き母の形見を壊されたことがショックで、ずっと寝込んでいた。

その後もジェイド王子は二人の面会を許してくれず、一度も話をすることが叶わなかったのだ。

アイリリスには事情を説明せずに国を出てしまったので、それだけが気にかかっていた。

ロザリンデが裁かれたことを、アイリリスがどう思っているのかは分からない。

もしかしたら、令嬢たちの証言を鵜呑みにしてロザリンデを恨んでいるかもしれない。

たとえそうだとしても、ロザリンデなりのけじめはつけておきたかった。

中身も読まずに破かれるかもしれないわねと苦い笑みを浮かべつつ、ロザリンデは仕事を続けた。


ロザリンデがネブラスカに来てから二ヶ月が経過した。

ネブラスカの城には常駐している医師がいないため、メイドや護衛兵からの依頼も増えて、ロザリンデは治療と魔法の研究に明け暮れる日々を送っていた。

そんな中でも、毎日顔を合わせるハイドリヒから、

「どれだけ忙しくとも、必ず休憩と食事はとれ」

そう言われていたので、ロザリンデはたっぷりと食事をとる。

人けのない治療室や庭園の木陰で昼寝をする時も多かった。

そして、その日――ロザリンデは所用でハイドリヒの執務室を訪ねたが、彼が不在だったため、戻ってくるまでカウチで待つことにした。

その間に、彼女は転寝をしてしまった。

普段のロザリンデであれば、王の執務室で眠りこけるような真似は絶対にしないが、前夜に文献を読み耽って寝不足だったのがいけなかった。

目が覚めると窓から射しこむ光が茜色になっており、ロザリンデは慌てて飛び起きた。

――いけない、つい眠ってしまった！

起き上がった拍子に、身体にかけてあったジャケットが滑り落ちる。ハイドリヒのものだった。

「これは、陛下の……」

視線を巡らせると、夕日が射しこむ窓辺の執務椅子にハイドリヒが座っていた。

ロザリンデはカウチから立ち上がって、音を立てないよう執務机に近づいていった。

珍しいことに、ハイドリヒは右手で頬杖を突いて眠っていた。かすかに寝息が聞こえる。

――陛下が私に上着をかけてくれたのね。彼が転寝しているところは、初めて見た。

連日、ハイドリヒは膨大な量の執務を片づけている。

早めに執務が終わると、ピカロを相手に剣の鍛錬もしているようだ。疲れるのも無理はないだろう。

ロザリンデはハイドリヒの背後に回って、そっと上着をかけた。不躾だろうかと思いつつも王の寝顔を観察する。

――今は私を気に入ってくれているけど、彼は健気で愛らしいアイリリスに心を奪われるのよね。そしてジェイド王子と戦うことになる。

その時がきたら、ネブラスカ王はロザリンデから興味を失い、主人公(ヒロイン)のアイリリスを愛す。

それが、このクレシェンテでの正しいストーリー。

ロザリンデは胸がきゅうっと締めつけられるような気がして、瞼を伏せた。

毎朝のようにハイドリヒに口説かれて、そのたび彼女は胸を高鳴らせている。

どうせ王の一時だけの気まぐれ。

絆(ほだ)されないでと心を強く持っているつもりだが、国を治める王としてのハイドリヒと、彼が独占欲を露わにしながら迫ってくる時のギャップはずるかった。

それでいて、ハイドリヒが時折見せる優しさや気遣いもロザリンデの心を揺さぶる。

――冷酷無慈悲な闇の王という呼び方は、彼にそぐわない。強引なところはあるけど、寝ている私を起こさないように上着をかけてくれる人だもの。

「いずれ、アイリリスに出会ったら……陛下もジェイド王子のように、私に見向きもしなくなる」

ロザリンデは消え入りそうな声で呟く。

――そこに私の出る幕はない……ええ、よく分かっている。

ハイドリヒが起きないのを確認してから、ロザリンデは膝の上に置かれた彼の左手に自分の手を乗せた。

――彼が私ではなく、アイリリスを愛するって考えると……何故、こんなに胸が痛むんだろう。

ネガティブ思考は自分らしくないと思いながら、膝を突いたロザリンデはハイドリヒの手に頬を寄せた。

「陛下……」

ロザリンデにはまだ、胸の痛みの理由が分からなかった。

そして、このときハイドリヒが薄目を開けて彼女を見下ろしていたことにも、気づかなかった。


治療室で診察を終えると、顔色のよくなったコーネリアが目をキラキラさせながら言った。

「ロザリンデ様。もしよければ、今度わたくしの屋敷へお茶でも飲みにいらっしゃいませんか。父と母が貴女に会いたがっているのです」

出し抜けの誘いに、ロザリンデは目をぱちくりさせた。

「私を屋敷に招待してくださるのですか?」

「ええ。ピカロお兄様も、よくロザリンデ様のお話をしてくださるので、わたくしもゆっくりお話ししてみたいと思っていたのです。それに、わたくしの命の恩人でもありますもの」

「じゃあ、お言葉に甘えようかしら。近いうちにお邪魔させていただきますね」

「ええ、ぜひ! 美味しいお茶とお菓子も用意しておきます」

手を振りながら帰っていくコーネリアを見送り、ロザリンデは苦笑する。

——コーネリア様って、人懐こくて無邪気なところがアイリリスに似ているのよね。あのキラキラとした笑みを向けられると、なんかこう、すーって肩の力が抜ける感じがする。

一息ついたロザリンデは、治癒魔法に用いた魔法陣の灰を片づけ始めた。

魔法陣は一度使用すると、そのあと燃えて灰になってしまうのだ。

片づけが一段落したところで、ロザリンデはお腹をさすった。

——なんだか無性に甘いものが食べたい気分。ここのところ少し忙しくて、疲れているのかも。

「まぁ、明日からは陛下の付き添いでレイナードまで旅行だし、だいぶ息抜きになるかしら」

ネブラスカは、闇のドラゴンを守護神として祀っている国。

そのドラゴンが祀られた〝闇の神殿〟が北方都市レイナードにあるらしく、ネブラスカ王は年に一度、闇の神殿へ参拝するのが慣例なのだとか。その時期がちょうど明日に迫っていた。

旅に出られると考えたら元気が出てきて、ロザリンデはシュトーのもとへ向かう。

今日はもう治療の予約は入っていないので、魔法省で仕事をするつもりだった。

翌日、ネブラスカ王の一行は早朝に王都を発った。

レイナードまでは、馬を駆れば一日で着く。

そうそう長く王都を空けるわけにはいかないため、護衛も少数で滞在期間は二日程度。

ほぼ行って帰ってくるだけ、という行程だ。

転移魔法を使えば一瞬で移動できるが、ハイドリヒ曰く、

「あれは魔力消費が激しく、人間を一人移動させるだけで疲れる。緊急時以外は、滅多に使わない」

そういうことらしい。

ピカロとシュトーは王都に残るが、ハイドリヒの要望もあってロザリンデは同行を許されていた。

王都近郊。新緑の林の中に疾走する馬蹄の音が響いた。

その音に交じるように、ロザリンデは叫んだ。

「やはり、私は王都で留守番をしているべきでした！　しかも陛下の馬に同乗させて頂くなんて、恐れ多いではありませんか！」

「今更、何を言っている。しっかり掴まっていろ」

「これは掴まるというよりも、しがみつくという表現のほうが正しいと思うのです！　不敬罪ではありませんよねっ？」

「安心しろ、不敬罪ではない」

馬に乗れないロザリンデは、ハイドリヒの愛馬に同乗していた。

全力で遠慮したものの強引に乗せられて、護衛たちも微笑ましく見守っているだけだ。

ロザリンデは治癒魔法の功績に加えて、貴族の生まれで魔法省の一員でもあると公表したため、ハイドリヒの側にいても白い目で見られることはなかった。

むしろ、これまで女性を寄せつけなかったハイドリヒがロザリンデに目をかけていることを、ピカロをはじめとする周囲の者たちに好ましく思われているようだ。

ロザリンデは手綱を操るハイドリヒにしがみつき、逞しい身体つきを感じて鼓動を高鳴らせる。

ちらりと目線を上に向けたら、ひたと前方を見据える精悍な顔があった。

――彼って本当に、いっそ腹立たしいくらい格好いいのよね。前世の世界だったら、きっとモテまくっていたと思う。引く手数多で、私なんて相手にされなかっただろうし。

そんなことを考えながら目を奪われていたら、ハイドリヒが視線に気づいた。

「そんなに私の顔を見つめるな。また腹でも減ったのか。宿場までは我慢しろ」

「お腹は空いていません」

「ならば、私に見惚れていたのか？」

口の片端を持ち上げて、ちょっぴり歪んだ笑みを浮かべるハイドリヒに、ロザリンデは頬を赤らめながら口を噤んだ。

――悔しいけど、反論できないわ。見惚れていたのは事実だから。

ハイドリヒの胸に顔を押しつけると、彼は笑みを深めたが、すぐに表情を消して前に向き直った。

そこから一日かけて、北方都市レイナードに到着した。

レイナードは海辺にあり、市長がハイドリヒの滞在先にと用意してくれたのは、海が一望できる立派な古城だった。

城に到着すると、待ち構えていた少女が二人、駆け寄ってくる。

「国王陛下！　レイナードへ、ようこそいらっしゃいました」

二人の少女は緊張の面持ちでお辞儀をして、歓迎の花束を差し出してきた。

馬から降りたハイドリヒは花束を受け取り、ゆっくりと手を伸ばして少女たちの頭を撫でる。

「ああ、歓迎ありがとう」

ハイドリヒの横顔は優しく、頬を染める少女たちを柔らかい眼差しで見つめていた。

王の慈愛を感じられる表情に、彼はこんな顔もするのねと、ロザリンデはまた見惚れてしまった。

その日は古城で旅の疲れを癒して、翌朝、闇の神殿へ参拝することになった。

闇の神殿は海を見渡せる岬に建てられていて、頑強な石造りの建物だ。

神殿というより武骨な砦のような物々しい佇まいをしており、祈りを捧げにくる者たちが後を絶たない。

闇のドラゴンは名前の響きから悪い神のように思われそうだが、ネブラスカの国民たちにとっては絶大な力をもってネブラスカを創造し、今も国を守ってくれている守護神だ。

事実、闇のドラゴンであるレイはネブラスカの城で暮らしており、陰ながら国を見守っている。

ネブラスカ王の参拝は、人の少ない朝の時間に行なわれた。

ハイドリヒはマントのフードを被って顔を隠し、神殿の前で神官長と挨拶を交わした。

それを横目に、ロザリンデは岬のほうへと歩を進めて、目の前に広がる壮大な海に感嘆の吐息を零した。

紺碧の海原は凪いでいて、どこからか打ち寄せる波の音が聞こえる。

頬を撫でる潮風に乗って塩辛い海の香りが鼻腔を擽っていった。

この海を渡った向こうに、光の王国ノーアがある。

遠くまで来たものだなと感慨深い想いに浸っていたら、ふと視界の端に、聳え立つ黒い建物が見えた。

岬から斜面を上っていき、鬱蒼と生い茂る木々の奥にひっそりと建つ塔――。

「あれは……」

「闇の塔だ。昔は魔力を封じる結界が張られていて、あそこにハイドリヒは幽閉されていた」

突然、斜め下から声が聞こえてロザリンデは瞠目した。

いつの間にか、額に角を生やした少年が隣に立っている。

「レイ！　あなた、どうやってここに来たの？」

「姿を消してハイドリヒの馬の後ろに乗ってきた。闇の神殿に参拝する時は、わしも必ず同行するようにしておるのだ」

レイが腕組みをしながら、ちらりと神殿のほうを見やった。

「あそこには、わしの本体が眠っている。だから年に一度、ここへ様子を見にくるのよ」

「本体って、もしかしてドラゴンの身体のこと？」

「ああ。今の姿はわしの分身だ。本体はかなりの巨躯で移動するのには不便だから、神殿の奥に寝かせて魔法で厳重に封じてある。分身さえあれば支障はないからな」

「そんなに大きいのね。ドラゴンは図鑑で見たくらいで、この目で一度も本物を見たことがないの」

「古代種だからな。わしと、もう一体のドラゴンを除けば、すでに滅びた種族よ」

「もう一体のドラゴン？」

「この世界、クレシェンテの伝承にある光のドラゴンだ。ノーアにある光の神殿で眠っておる」

「それって……」

ロザリンデが言いかけた時、ハイドリヒに呼ばれた。神殿の中へ入るようだ。

レイがぴょんと地面を蹴ってロザリンデの肩にしがみついた。彼は驚くほどに軽かった。

「それについては、今宵あたりゆっくり話してやろう。ひとまず神殿に向かおう」

ハイドリヒのもとへ戻ると、彼はロザリンデの肩に乗っているレイをじろりと睨んだが、何も言わずに踵を返した。

当然だが、ハイドリヒもレイが見えるのだなと思って、ロザリンデは首を傾げる。

闇のドラゴン、闇の王、ロザリンデ。

その面子に彼女が交じっているのが、なんとも不思議に思えた。

神官長の案内のもと、祭壇が設置された祈りの間を通り過ぎて、神殿の奥にある部屋へ連れていかれる。

そこには巨大な鉄の扉があり、大きな錠前で封じられていた。扉の前に立つだけでも、奥で眠っているドラゴンの膨大な魔力を感じられて肌がぴりぴりとする。

レイがロザリンデの肩から飛び降りて、鉄の扉に額の角を押し当てた。それきり動かなくなる。

ロザリンデが扉を見上げていたら、ハイドリヒが隣にやってきた。

「レイの姿が見えるようだな。あいつの正体も知っているのだろう」

「はい。お城で会って挨拶をしたんです」

ロザリンデは肌を刺すような魔力の強さに、ぶるりと身震いする。

「ノーアにいた頃、光のドラゴンが祀られた光の神殿に足を運びました。その神殿にも同じような扉がありましたが、もっと微弱で柔らかいものに包まれるような魔力の気配がしました。ここの魔力は肌を刺すような、そんな強さを感じます」

「闇のドラゴンは、破壊や攻撃の魔法が得意だ。そのせいだろう」

ロザリンデは魔法学校で勉強に勤しむ傍ら、この世界に彼女を連れてきた〝ルナ〟の正体を知るために、光の神殿に通った時期がある。

そして、大学の書庫で文献を読み漁り、ルナの正体について一つの仮説を立てた。

人間を別世界へ転生させるほどの力を持つとすれば、人知を越えた〝神〟と呼ばれるような存在。

それこそ目の前にいるレイのような、古代種のドラゴンとか――。

ロザリンデは両手を組んで祈りを捧げたが、ハイドリヒは祈る素振りすら見せず、扉に角を押しつけている闇のドラゴンを眺めていた。

祈りを終えると、もう少しここにいると言うレイを置いて、二人はその場を後にする。

だが、祈りの間を通り抜けようとした時、ロザリンデは見覚えのある人物がいたので立ち止まった。

祈りの間の隅のほうで、じっと祭壇を見つめている男がいる。

「あれは……まさか、ロドヴィク先生？」

ノーアの魔法大学で親しくしていた教師、ロドヴィク・ダルタンだ。

ロザリンデに気づいたのか、ロドヴィクも驚いたような表情で近づいてくる。

「ウィステリア嬢。ネブラスカの修道院へ行ったと聞いていたが、まさかこんなところで会うとは」

「私も驚きました。どうしてネブラスカにいるのですか？」

「実は、やりたいことがあって教師を辞めたんだ。ネブラスカへ旅をするというのも、その一つでね」

ロドヴィクが頬をかきながら笑った。

「以前、魔法歴史学の論文で、心を操る魔法とドラゴンの関係について書いたことがある。それで、闇のドラゴンが眠る場所に一度は足を運んでみたくてね。こうして無事に目的も達したから、近いうちにノーアへ戻る予定だよ。君は今、どうしているんだ？」

「私はネブラスカでお世話になっている方がいて、治癒魔法を生かせる場所で働いています」

「そうか、働いているなんて大変だな……大学でも、君ほど熱心で才能に溢れた学生はいなかった。僕は君の罪だって濡れ衣だと思っている。実直で真面目な子だったから」

まさか無実を信じてくれている人がいるとは思わず、ロザリンデは微笑んで頭を下げた。

「ありがとうございます、ロドヴィク先生」

「ネブラスカの生活は、つらくはないかい？」

「ええ、大丈夫です。むしろ、ノーアにいた頃よりも充実した日々を送っています」

「そっか、それならいいんだ。色々と大変だろうけど、君も頑張って」

ロドヴィクと握手を交わしていたら、彼女がついてこないと気づいたハイドリヒが戻ってくる。

「ロザリンデ、何をしている。早く来い」

「はい、すぐに参ります」

「連れの方がいたのか。引き留めて悪かったね。じゃあ、僕はこれで失礼するよ」

ロドヴィクがハイドリヒに軽く頭を下げて神殿を出ていった。

「今のは誰だ？」

「ノーアの魔法大学でお世話になったロドヴィク先生です。教師を辞めて旅をしているとか」

神殿を出て、護衛兵を待たせていた場所で馬に乗りこむ。

滞在先の古城へ戻るのかと思ったら、ハイドリヒは「寄りたい場所がある」と言って手綱を引いた。

彼が向かったのは、神殿からも見えた闇の塔。

閑寂(かんじゃく)な森の奥、だいぶ街から離れた場所に塔は建っていた。

周囲には監視の兵士を置く小屋があり、他にあるものといえば黒い木肌を持つ無機質な木々くらいで、ひどく物寂しかった。

今は使われていないらしく、人の手が入っていない塔は朽ちかけていた。

ハイドリヒは護衛をその場で待たせると、ロザリンデを連れて塔に足を踏み入れる。

一歩、塔の中に入っただけで肌がぴりっとした。

「っ、これは……」

「魔法を用いて逃げられないよう、この塔には魔力を封じる結界が張ってあった。その名残だろう」

彼は淡々と言って、ロザリンデの手を引きながら塔の上部へ続く螺旋(らせん)階段を上っていく。

灰色の石で造られた塔の内部は気温が低く、どこかひんやりとしていた。

延々と続くような階段を上りきったその先に、頑強な鉄製の扉があった。

ハイドリヒが扉を開けると、一気に土色の埃(ほこり)が舞い上がって、黴臭(かびくさ)い匂いが鼻をつく。

埃が治まった頃に室内を見渡したら、そこは人が住んでいた形跡のある部屋だった。

質素な木製のテーブルと椅子に、硬そうなベッド。壁際にある空っぽの本棚は壊れていて、必要最低限の家具だけが置かれていた。

あちこち埃(ほこり)だらけの室内を見回して、ロザリンデは無意識に御守りのペンダントを握った。

ハイドリヒが鉄格子のはまった窓に近づき、空気を入れ替えるために開ける。

少し風が吹きこんできて、鉄格子の隙間からは塔を囲む森の向こうに真っ青な海が見渡せた。

「この窓からよく海を眺めていた。懐かしいものだ」

「陛下、ここは……」

「私が幽閉されていた部屋だ。私はここで十年過ごした」

窓の外を眺めながらハイドリヒが静かに告げる。

「私にとっては特別な場所でもある。ここで過ごした日々があったから、今の私がいる」

「そんな特別な場所に、どうして私を連れて来てくださったのですか？」

「私がどのような幼少期を送ったのか、お前に知ってもらいたかった」

彼が振り向いた。金の双眸に昏い影が過ぎる。

ロザリンデも、ハイドリヒの過去が壮絶なものだという知識はあった。

しかし、実際どうだったのかは、目の前にいる本人の口から聞いてみなければ分からない。

「……聞かせてください。陛下が、どんなふうに過ごしたのかを」

開いた窓から、かすかに波の音がする。

その音を聞きながら、懐かしむように目を閉じたハイドリヒが語ってくれた。

「八つの頃、叔父に両親を殺された私はこの塔に放りこまれた。ここでは魔法も使えず、食事も満足に出なかった。兵士が来ては、憂さ晴らしのように私を殴っていく時もあった。あれは地獄の日々だった」

「…………」

「だが、ある日、私はレイに会った。あいつのお蔭で塔を抜け出すことができるようになった。ピカロと連絡も取り合うようになり、兵士を買収して、ここでの生活もいくらか快適になった。街の貧民窟（スラム）でシュトーとも出会った。その掃き溜めのような場所で、私は叔父について様々な情報を集めた。そして、十八歳になった年に王位を奪い返したんだ。ここから抜け出し、自らの手で叔父の首を刎ねて」

重々しい口調で語られるハイドリヒの過去。

実際に幽閉されていた塔に足を運んで話を聞くと、それがどれほど残酷な仕打ちであったのかが伝わってきた。

まるで監房のような室内の様子と、成長期の男の子が過ごすには狭すぎる部屋。

碌に与えられない食事と兵士からの暴力。

外を見るたびにお前は虜囚なのだと分からせるような、鉄格子のはまった窓。

ここは人を生かす部屋ではない。

ほんの小さな希望でさえも削ぎ落とし、心を殺す牢獄だ。

ロザリンデは、ハイドリヒに何と言葉をかけたらいいのか分からなかった。

彼女も前世を思い出してから、周りの人と距離ができて孤独感を覚えたことが幾度もある。

しかし、ハイドリヒが経験した孤独は、ロザリンデのそれとは比べ物にならないだろう。

どんな思いで暮らしていたのかと考えたら胸が苦しくなり、ロザリンデは泣きたくなった。

希望の見いだせない牢獄の中で、孤独と苦痛に虐げられる日々を続けたら心が死んでいってしまう。

格子のはまった窓から海を見ているハイドリヒの顔は暗く、冷たい空気を感じさせた。

このまま一人で放っておいたら、凍土の氷みたいに凍りついてしまいそうな、そんな予感を覚えてロザリンデは手を差し伸べた。

【光と闇のクレシェンテ】。その物語で、ハイドリヒは冷酷無慈悲な恐ろしい闇の王として描かれていた。

だが、ロザリンデは知っている。

慈愛の籠もった優しい顔で、少女たちの頭を撫でてあげていた人。

あれがきっと彼の本来の姿だ。

「陛下……」

呼んでみたものの、続く台詞が出てこなかった。

この人に寄り添ってあげたい。そして、その凍りつきそうな心を癒してあげたい。

そんな想いが胸に生じて困惑していると、ハイドリヒが窓辺から離れてロザリンデの手を取った。

「ここで過ごした日々は、私という人間を根本的に作り変えた。絶望で心が凍りつき、途中から何も感じなくなっていった。だが、私はどれだけ絶望しても死ぬわけにはいかなかった。どうしても、やりたいことがあったからだ」

「やりたいこと？」

「そうだ。そのために私は生きてきた」

叔父の命を奪ったその手を、ロザリンデの手と搦めて、ハイドリヒが声を小さくさせる。

「それが孤独な日々を耐えられた理由でもある」

「その理由というのは、何なのですか？」

ハイドリヒは答えなかった。その代わりに、身を屈めてロザリンデにキスをする。

やにわに口づけられて、ロザリンデが石像のごとく固まるのをいいことに、ハイドリヒは頬や額にまでキスをしていった。

「っ……お待ちください。先ほどまで真剣に陛下の話をしていたではありませんか。それなのに、急にキスをするなんて」

「お前が暗い顔をしていたからだ、ロザリンデ。私がどのように育ったのかを知ってもらいたかったが、同情が欲しくて話したわけではない」

「分かっています。私には陛下が味わった孤独やつらさを理解することはできません。ただ、今の話を聞いて、あなたの心に寄り添えればと思っただけで……」

「それは嬉しい言葉だな」

ハイドリヒが口角を持ち上げて、ロザリンデを抱き寄せる。

身体が密着し、足の間へ膝をぐっと押しこまれて、ロザリンデはぎくりと背筋を伸ばした。

「いいことを考えた。お前からキスをしてくれないか」

「何ですって？」

「この塔には嫌な記憶しかないが、お前がキスをしてくれたら、ここでの記憶が上書きされる。私に寄り添ってくれるのだろう、ロザリンデ？」

ハイドリヒが瞳を煌（きら）めかせて、ゆっくりと目を閉じた。キス待ちの体勢だ。

さっきまでシリアスな空気だったのに、なんて命令をするのかしらとロザリンデは呆れてしまった。

ハイドリヒの腕はしっかりと彼女を抱きかかえていて、逃げるという選択肢をくれない。

過去を語ってくれたかと思えば、急にこんな要求をしてきて、本当に傍若無人だ。

物寂しい室内をぐるりと見渡してから、ロザリンデは深く息を吸いこむ。

――ここで味わったつらい記憶が上書きできるのなら……キスくらい、してあげるわ。

覚悟を決めたロザリンデはハイドリヒの顔を掴むと、豪快にぐいと引き寄せた。

テクニックも何もない押しつけるだけのキスをして、ぱっと身を離す。

「これで、あなたの記憶を上書きして差し上げました。ご満足かしら、陛下」

腕を組みながら虚勢を張って言い放つが、このときロザリンデの足はがくがくと震えていて、顔からは火が出そうなほど火照っており、ついでに涙目になっていた。

それでも負けず嫌いのロザリンデがハイドリヒを見据えたら、唇を指でなぞった彼の表情が綻んだ。

それは、ただただ嬉しそうな、屈託のない笑み。

普段のハイドリヒからは想像もできない笑顔を目の当たりにして、ロザリンデは胸を撃ち抜かれたような衝撃に見舞われる。

完全な不意打ちだった。そんなふうに笑いかけられるなんて誰が想像しただろう。

ただでさえ熱い頬が薔薇色に染まって、撃ち抜かれた心臓がばくばくと暴れ始めた。

「ここの記憶は疎ましいものばかりだったが、いい思い出ができた。だがな、ロザリンデ」

「……何でしょうか」

「あまり可愛いことをするな。我慢できなくなる」

「キスについては、陛下がしろとおっしゃったのではありませんか」

「そのあとの、お前の虚勢が可愛かった。負けず嫌いなところもいい」

逃げる間もなくハイドリヒに抱きしめられ、ロザリンデは「虚勢ではありません」と弱々しい声で反論したが、残念ながら説得力は皆無だった。


その夜、古城ではハイドリヒの訪れを歓迎するパーティーが開かれた。

ロザリンデは彼の世話係として同行しただけなので、今夜は部屋で留守番だ。

「はぁ……」

テラスの手すりに頬杖を突いたロザリンデは、夜の海を眺めながら何度目か知れないため息をつく。

「どうしよう……陛下とキスをしてしまった……」

しかも、せがまれて自分からキスもした。

一番の問題は、それが嫌ではなかったということ。

──私って、陛下が好きなのかしら。

テラスからは闇の神殿も見えるので、魔石のペンダントを握りしめてぼんやりと眺めていたら、いきなり真横から声がした。

「おぬし、先ほどからため息ばかりだな」

「っ！　レイ……あなた、本当に神出鬼没ね。いつも気配なく現れるからびっくりするのよ」

いつの間にか、レイが手すりに座っていた。目が合うと、にかっと笑いかけられる。

「おぬしと話をしようと思ってな。庭園で会った時も、ゆっくり話せなかったからな」

「あのあと、城の中であなたを探したのに、どこにも見当たらなかったのよ」

「わしは屋根の上で寝ておるのでな。見つからんだろう」

「さすがに屋根の上までは探さなかったわ……寝ぼけたら転がり落ちそうね」

ロザリンデの相槌を聞いて、レイはくっくと笑ってから夜空を仰いだ。

「さて、何から話そうか」

「じゃあ、ルナのことを教えて」

最初に核心を突いた質問をすると、レイは宝石(ルビー)のような赤い目を弓なりに細める。

「おぬしも気づいているかもしれんが、ルナはわしの同胞。つまり、光のドラゴンだ。今は長い眠りについておる」

ロザリンデは驚くことなく、その事実を受け入れた。

彼女の知るクレシェンテの物語で、光のドラゴンはレイのような人型として出てこない。

終盤に、聖なる乙女の祈りで眠りから覚めて、ジェイド王子とネブラスカ王の戦いを止める場面にしか登場しないのだ。

「ノーアに伝わる伝承だと、光のドラゴンはノーアの守護神として祀られていて、光の神殿にいると言われているわ。そこで、ルナは眠っているの？」

「そうだ。そのノーアに伝わる伝承というのを、わしにも聞かせてくれないか」

レイにせがまれ、ロザリンデは簡潔に伝承を語った。

かつて、光のドラゴンと闇のドラゴンが、強大な魔力を持つ聖なる乙女を欲して争った。

ドラゴン同士の激しい戦いによって大陸は二つに割れて、ノーアとネブラスカの二国になった。

そのあと、傷ついた光のドラゴンは長い眠りにつき、闇のドラゴンはネブラスカの王族と契約を交わして守護神になった――と。

「ふむ。ネブラスカに伝わる伝承と大体同じだな。だが、その伝承は真実ではない」

「どういうこと？」

「わしとルナは聖なる乙女を巡って争ったわけではない。わしらは〝番い〟で、昔は仲睦まじく暮らしておったのよ。聖なる乙女も愛らしい娘でな、わしらは共に乙女を慈しんだ」

「それじゃあ、伝承のはじまりから違うのね」

「ああ。確かに聖なる乙女は強い魔力を持っていた。そして、その〝乙女の血〟を用いれば、魔法の効果を強めることができた。ゆえに、聖なる乙女は野心を抱いた人間の魔法使いに狙われ、魔法を発動するための生贄として血を使われてしまったのだ」

その説明に、ロザリンデは怪訝な表情を浮かべた。

――野心を抱いた人間の魔法使い？　そんな人物のことは、全く知らないんだけど。

「その魔法使いっていうのは、聖なる乙女の血でどんな魔法を使用したの？」

「〝心を操る魔法〟だ。それを使って、わしとルナを操ろうとしたのだ」

心を操る魔法――聞き覚えのある響きに、ロザリンデはハッとする。

『相手の心を操る魔法ですか。先生のおっしゃることは理論的には可能でしょうが、複雑な魔法陣と膨大な魔力が必要ですね。それに、人心掌握の類の魔法は倫理的に禁じられているのではありませんか？』

『もちろん実際に使用するわけじゃない。ただ、ドラゴンと共存していた古い時代には、そういった魔法を自在に操る大魔法使いも存在していた。歴史学の面でも非常に興味深くてね』

ロドヴィク・ダルタン。彼が研究していた魔法だ。

「我らドラゴンを操るとなると、巨大な魔法陣と相応の魔力が必要だ。それで乙女の血を利用したのだろう。

ルナの心を掌握し、光のドラゴンを操って権力を得ようとしたのだ。しかし、わしがルナと戦って阻止した。

そしてルナは、当時の人間たちの手で光の神殿に封じられたのだ」

「ドラゴンの心を操るなんて、本当に可能なの？　あなたたちは、人間とは比べ物にならないほどの魔力を
宿した存在でしょう」

「わしらは無敵の存在ではない。ただ、魔力が強いだけの魔物の古代種だ。聖なる乙女の血で強化された魔
法をかけられたら、抗う術はない」

「なるほど……レイが言うのなら、そうなんでしょうね。でも、心を操る魔法がそんなふうに使われていた
なんて考えもしなかったわ。今じゃ倫理的に禁止されていて、呪文と魔法陣さえも伝わっていないし」

「実際に、数百年前までは使われていた魔法だ。おそらく今もどこかで伝わっているだろう。人間は様々な
手段で後世に知識を残そうとする。たとえ、その知識が禁忌と言われるものであってもな」

頭の中で話を整理しながら、ロザリンデはしかめっ面をして心の中でごちる。

――これじゃあ、伝承どころか【光と闇のクレシェンテ】の物語と違うじゃない。そんな黒幕みたいな魔

法使いがいたこと、本当に知らなかったわ。

「ルナが神殿に封じられたあと、その魔法使いはどうなったの？」

「強力な魔法を使った反動で、苦しみ抜いて命を落とした。ただ、奴（やつ）には妻子がいたはずだ。もしかすると今もどこかで子孫が生きているかもしれん」

レイが一息ついて、物憂げにゆるりと首を横に振った。

「番いのルナを失って行き場のなくなったわしは、ネブラスカ王家の先祖と契約を交わした。彼らは闇の神殿を作り、失意の底にあったわしに、この国と居場所をくれたのだ。遠くの地へ飛び立つこともできたが、ここはノーアと近い。ルナが目覚めた時に駆けつけられる」

番いのルナを想っているのか、レイは悄然（しょうぜん）とした面持ちで肩を落とす。

彼の口から語られたものは、ロザリンデが信じていた伝承とは違うが、紛れもない真実なのだろう。

「今もルナは封印されているのね」

「いいや、封印は遥（はる）か昔にかけられたものだ。すでに風化して解けているはずだし、戦いで負った傷も癒えているだろう」

「だったら、どうしてルナは眠りについているの？」

「ルナがそれを望んだからだ。あやつは人間に失望したのだ。心を操られ、わしと戦うこととなり、挙げ句の果てには封印された。ゆえに、自ら深い眠りについた。わしも何度かノーアの神殿へ足を運んだが、ルナが呼びかけに応えたのも、たった一度きりだ」

つまり、ルナは過去に受けた仕打ちで人間不信になってしまい、神殿に閉じこもっているのだ。

新たな真実が明らかになって、ルナの正体と状況も分かった。

しかし、ロザリンデは疑問を抱く。

光のドラゴンであるルナが、どうしてロザリンデをこの世界に転生させたのか。

あの白い空間でルナとやり取りした時の記憶は、白い霧がかかったようにおぼろげだ。

何か重要な会話をした気もするが、明確に覚えていることといえば、新しい人生を送らないかと誘われたことと、最後にルナが〝賭け〟がどうとか言っていたことくらいだ。

『これは賭けです。わたしは、このまま自分の命が尽きても構わない。でも――』

――あれは命が尽きるまで、外に出ないってことかしら……でも、賭けっていうのは、何？

疑問は解決するどころか、次から次へと湧いてくる。

「ねぇ、レイ。私がルナにこの世界に呼ばれたってことを、あなたは知っているの？」

「ああ、おぬしの事情は知っている。それゆえ、おぬしの前に姿を現したのよ。しかし、詳しいことは何も話せない。ルナと賭けをしているのでな」

「ルナが言っていた〝賭け〟の相手はあなたなのね。できれば、その内容も知りたいの」

「わしの口から語るべきことではないのだ。それに、おぬしはルナによってこの世界に呼ばれた。わしではなく、ルナに直接聞いたほうが、おぬしも納得するのではないか」

「うーん……まぁ、そうなんだけど」

ロザリンデは手すりに凭(もた)れかかって考えた。

レイの言う通りだ。ここまできたら、直接ルナに会って話を聞いてみたい。

幸いルナの正体と居場所は分かったし、神殿の奥に閉じこもっている理由も判明した。

「光の神殿の扉を開ける方法ってないの？」

「ルナは、かつて聖なる乙女を慈しんでおった。その末裔の者が神殿で祈りを捧げれば、眠りについている
ルナにも届いて扉を開けるかもしれん」

「聖なる乙女の末裔には心当たりがあるわ。アイリリスね」

ここで、この物語における主人公（ヒロイン）、アイリリス・クラーロに繋がるのか。

遥かノーアの地まで続く海を眺めてから、ロザリンデは両手で頬を叩く。

ネブラスカで、彼女はようやく平穏な生活を手に入れた。

どうしてこの世界に呼ばれたのか、知らないまま生きていくという選択肢もある。

しかし、今後もロザリンデ・ウィステリアとして生きていくなら――やはり、転生させられた理由は知っておきたかった。

そうでなければ、ずるずると後年まで引きずってしまいそうだ。

そのためにはルナに会って話を聞く。レイとの賭けの内容も知りたい。アイリリスの協力も必要だ。

それに、寂しげなレイのためにも、ルナを神殿の奥から出してあげたかった。

ならば、ロザリンデの取るべき行動は一つだ。

「私、一度ノーアへ戻ろうと思う」

「だが、おぬしは追放された身だろう。どうする気だ？」

「ネブラスカ王って数年に一度、二国会談のためにノーアへ行くわよね。それって、たぶん今年でしょう」

「確か、そうだな」

ゲームの中では、その会合の場でネブラスカ士がアイリリスと出会い、彼女を見初めるのだ。

その場面を想像した時、ロザリンデの胸がツキンと痛んだ。

ハイドリヒがアイリリスに好意を抱くと考えたら、またしても嫌な気分になり、もやもやする。

ロザリンデは胸をさすりながら、思いついた計画をレイに打ち明けた。

「陛下がノーアへ渡航する時に、私も連れていってもらえないか頼んでみようと思うの」

「ハイドリヒに事情は話すのか？」

「ええ、王都に戻ったら話してみる。実は今日、陛下が過去の話をしてくれたの。それって、私を信頼してくれたってことでしょう。だから、私もあの方には本当のことを話したいの。隠し事をしたまま頼み事をするなんて、なんだか相手にも失礼だし」

「突拍子もないことだと、信じてもらえないかもしれないぞ」

「信じてもらえなくてもいいの。私が誰にも言えずに抱えてきたものを、打ち明けることが大事なのよ」

ロザリンデがきっぱりと言ってのけたら、闇のドラゴンも笑顔で頷く。

「ハイドリヒも、きっとおぬしに手を貸してくれるだろう。あやつは、おぬしが相手だと、とことん甘くなるからな」

「そうなの？」

「気づいておらんのか。どう見ても、ハイドリヒはおぬしを特別扱いしているだろう」

特別扱い――これまでのハイドリヒとのやり取りを思い返すと、ロザリンデにも思い当たる節（ふし）がある。

「おぬしは、どうなのだ？　ハイドリヒのことを、どう思っている？」

「その質問って、答えなくちゃいけないの？」

「大いに興味があるのでな。ぜひとも知りたいところだ」

にやりと笑ったレイがツンツンとつついてくるので、ロザリンデは照れ隠しに顔をそっぽに向けて、つっけんどんな口調で言った。

「陛下のことは、最初は強引で冷たい方だと思ったの。だけど、私を気遣ってくれるし、頑張って働いたら報酬の他にご褒美までくれるの。その上で毎日あんなふうに口説かれたら……さすがにドキドキするわ」

「ふむふむ。それで？」

「陛下は真面目な方で仕事もきっちりこなすでしょう。そういうところが素敵よね。たまに、すごく優しい表情もするのよ。今日、見せてくれた笑顔だって……普段も見惚れるほど格好いいのに、あの笑顔は反則だと思うの。つらい思いもしてこられたみたいだし、私が彼を支えてあげられたらなって」

ハイドリヒが過去を話してくれた時、ロザリンデは思った。

計り知れない孤独を味わった彼の心に、自分が寄り添ってあげられたらいいなと。

闇の塔から戻ってきたあとも、ハイドリヒのことばかり考えていた。

はぁ～と息を吐いたロザリンデは、顔を伏せるようにして手すりに突っ伏す。

「唇にキスもされたけど、全然嫌じゃなくて……それどころか、キスをせがまれて自分からしたのよ。何とも思っていない相手にキスなんてできないでしょう。たぶん、惹かれているの」

ロザリンデが胸の奥に秘めた想いを一息に吐き出すと、突然レイが噴き出し、腹を抱えて笑い始めた。

「ちょっと、レイ！　私は真剣に悩んでいるんだから、そんなふうに笑わないでよ」

「すまんっ……おぬしが、あまりに素直なものだから」

「だって、私の事情を知っているのは、レイだけでしょう。こんなふうに隠し事をせず、打ち明けられる相手と会えたのは初めてだから、つい話したくなるの」

前世の記憶を取り戻してから、本当の意味で心を開いた相手はいなかった。

自分の行く末を知っていたからこそ、他人との間に見えない線を引いていたのだ。

空気の読めない闇のドラゴンは、ひとしきり笑ったあと、横目で睨むロザリンデの真横にやってきた。

「話くらいならいつでも聞こう。ただ、わしには人間の感情が分からない時がある。よい相談相手ではないかもしれんのでな。おぬしも一人くらい心の内を話せる相手を作れ」

「……あなたの言う通りね、レイ」

ロザリンデは、レイの小さな手で頭を撫でてもらいながら、夜の海を眺めてぽつりと呟く。

「過去も未来も受け入れてくれて、想いや悩みを、全て分かち合える相手が欲しい」

遠くのほうでザザーッと波の音がした。ほんのりと潮の香りも漂ってくる。

海の気配に心地よさを覚えて瞼を閉じれば、名前を呼んでくれるハイドリヒの低い声や、鋭く光る琥珀色の瞳が浮かんできた。

闇の塔で目にした屈託のない笑みまで浮かんできて、ロザリンデは憂色を孕んだ吐息をつく。

「ねぇ、レイ。心の内を明かせる相手になるかは分からないけど……私、やっぱり陛下のことが好きなんだと思う」

胸の高鳴りも、彼の姿に見惚れてしまうことも、それで全て説明がつく。

認めてしまえば、あとはもう、赤く火照った顔を伏せることしかできない。

恋煩いのようにため息を連発するロザリンデの横で、あどけない少年の姿をした闇のドラゴンは、ひたすら意味深な笑みを湛えていた。

◆

夜会で一通り挨拶をしたあと、ハイドリヒは外の空気を吸ってくると言って広間を抜け出した。

少しだけ彼女の顔を見にいこう。

そんな思いでロザリンデの部屋へ行き、ノックもせずに扉を開けたら話し声が聞こえた。

ロザリンデとレイの声だ。

「陛下がノーアへ渡航する時に、私も連れていってもらえないか頼んでみようと思うの」

「ハイドリヒに事情は話すのか？」

夜の潮風でレースのカーテンが揺れている。開け放たれた窓の向こう、テラスで二人は話していた。

どうやら、ロザリンデは事情があってノーアへ行きたいらしい。

ハイドリヒは気配を消して、音を立てないようにして部屋へ入った。

「突拍子もないことだと、信じてもらえないかもしれないぞ」

「信じてもらえなくてもいいの。私が誰にも言えずに抱えてきたものを、打ち明けることが大事なのよ」

壁に凭れかかったハイドリヒは、耳を澄ませる。

二人の話は、ロザリンデがハイドリヒをどう思っているのか、という話題に変わっていた。

「おぬしは、どうなのだ？　ハイドリヒのことを、どう思っている？」

ハイドリヒは金色の双眸を細めて、テラスを見やった。

彼女は、早口でつらつらと彼の長所や魅力を語っている。

薄らと笑みを浮かべた彼の位置からも、ロザリンデが照れたように肩を震わせているのが見えた。

「――何とも思っていない相手にキスなんてできないでしょう。たぶん、惹かれているの」

普段のロザリンデは口説いてもかわすのが上手だが、どうやらハイドリヒに心惹かれているらしい。

毎朝のように迫り、過去を打ち明けた甲斐（かい）があるというものだ。

レイはハイドリヒの存在に気づいているようで、ちらりと室内を覗いてから、腹を抱えて笑い始めた。

不躾な闇のドラゴンの態度に、ロザリンデが文句を言っている。

「話くらいならいつでも聞こう。ただ、わしには人間の感情が分からない時がある。よい相談相手ではないかもしれんのでな。おぬしも一人くらい心の内を話せる相手を作れ」

「あなたの言う通りね、レイ。……過去も未来も受け入れてくれて、想いや悩みを、全て分かち合える相手が欲しい」

ハイドリヒは緩んだ口元を手で隠すと、思考の海に沈む。

過去も未来も受け入れて、想いや悩みを全て分かち合える相手。

ああ、彼女の気持ちがよく分かる。

ハイドリヒもそんな相手を心の底から欲していた。

「ねぇ、レイ。心の内を明かせる相手になるかは分からないけど……私、やっぱり陛下のことが好きなんだと思う」

好き。その言葉がハイドリヒの胸にしみわたっていく。

ハイドリヒにとって、ここは残酷な世界だった。

希望を抱いた数よりも、絶望した回数が圧倒的に多い。

どこにも逃げ場はなくて、彼にとって唯一の光は海を越えた向こうの国にいた。

あの冷たい塔の中で、その光……〝ロザリンデ〟に会える日をどれほど夢見たことだろう。

そして、彼女はハイドリヒの長所と魅力を見つけて好意を寄せてくれた。

それこそ、ハイドリヒが切望していたことだった。

「――私もだ、ロザリンデ。想いを分かち合える相手が欲しい」

ロザリンデの気持ちを聞くことができて、彼の望みも叶ったのだから――もう十分だ。

ハイドリヒは吐息のように呟いて足を踏み出した。

カーテンのたなびく窓の外に出て、海を見ているロザリンデを後ろから抱きしめる。

「えっ、陛下！　い、いつからいらっしゃったの？」

「たった今、部屋に入ってきたところだ。外の空気を吸いたくて夜会を抜けてきた」

「そうでしたか……私とレイの会話を聞いていましたか？」

「よく聞こえなかった。何を話していたんだ」

焦ったように振り返るロザリンデの顔を覗きこんだら、彼女はあからさまに目を泳がせながら言った。

「最近のネブラスカの情勢について話していました」

「そうなのだ。わしにはさっぱり分からんかったがな」

ロザリンデに話を合わせたレイが片目を瞑ってウインクする。

どうだ、いいものが聞けただろう。わしに感謝しろ。

そう言いたげなレイにしっしと手を振ると、ハイドリヒはロザリンデの耳に口を寄せた。

「ロザリンデ。私は夜会に戻るが、のちほど私の部屋へ来い。今宵は湯浴みの手伝いをしてくれ」

「湯浴み、ですか……？」

これまで、湯浴みは一度も手伝わせたことがない。

ロザリンデが耳の先まで赤くなったのを確認すると、ハイドリヒは彼女を解放した。名残惜しげにすべらかな頬を撫でてから踵を返す。

退屈な夜会へ戻るため、廊下に出たハイドリヒは、いつぞやの夕暮れに聞いた言葉を思い出した。

『いずれ、アイリリスに出会ったら……陛下もジェイド王子のように、私に見向きもしなくなる』

そんなことはありえない、あんな王子と一緒にするな。

彼女を差し置いて、アイリリスとかいう娘に心を奪われるはずがない。

「私が欲しているのは、お前だけなのだから」

王都に戻ったら、ロザリンデは自分の秘密をハイドリヒに打ち明けるつもりでいるらしい。

それならば、ハイドリヒも彼女の覚悟に応じよう。

彼が抱えている、誰にも言えない〝秘密〟を、ロザリンデに話すのだ。

◆

ロザリンデは途方に暮れていた。

つい先ほど夜会から戻ってきたハイドリヒが、目の前で仁王立ちをしている。

もし彼さえ許してくれるのならば、この場から脱兎のごとく逃げ出してしまいたい心持ちだ。

ハイドリヒの真剣な表情を見たら、逃走の許可が下りないことは火を見るよりも明らかだったが。

ちなみに、さっきまでロザリンデと雑談していたレイは「わしは邪魔だな」と、にこやかに告げて窓の外に消えた。

どうせ、屋根の上ですやすやと寝るつもりだろう。闇のドラゴンは薄情である。

「陛下。考え直して頂くことはできませんか?」

「無理だな」

「ですが、私には経験がありません」

「構わない。初々しいのも新鮮だ。私が一から教えよう」

「いえ、そのようなことは……実は恥ずかしながら、男性の裸を見たことがないのです」

「毎日、私の裸を見ているだろう」

「あれは上半身だけではありませんか。その、下のほうです」

「初々しいな、ロザリンデ。手取り足取り教えてやる」

「陛下に教えて頂くのは、世話係としてどうなのでしょう」

「誰にでも初めてはあるだろう。まずは脱がし方からだな」

「あの、陛下」

「何だ？」

広い脱衣所で、ロザリンデはこほんと咳払いをしてハイドリリヒを見据えた。

「先ほどから言い方に含みがあります。なんだか、とてもいやらしく聞こえます。ただの湯浴みでしょう」

「ただの湯浴みだな」

「でしたら、初々しいとおっしゃるのは、やめてください」

「事実だろう。毎日すれば、すぐ見慣れる」

——ということは、これから毎日、私が湯浴みの手伝いをするの？

ロザリンデは気が遠のきそうになったが、仕事だと自分に言い聞かせてハイドリヒの服に手をかけた。

パーティー用のジャケットの金ボタンを外して、白いシャツのボタンも外していく。

これくらいは毎日やっているので、手慣れたものだ。

上半身を脱がせたあとは、厚みのある胸板や割れた腹筋を見ないようにして、ベルトに手をかける。

拙い手つきでカチャカチャとベルトを外す間も、始終ハイドリヒの視線が注がれていた。

——どうしよう、ものすごく見られている気がするんだけど。

自然と力が入って手元がもたつき、なかなかベルトの金具を外せない。

まごついていたら、ハイドリヒがロザリンデの手をそっと握った。

「っ！」

「そうじゃなくて、こうだ。落ち着いて、ゆっくり外せばいい」

革のベルトの外し方を手ほどきしてもらい、四苦八苦の末にどうにか成功した。

ほっと胸を撫で下ろしていると、ハイドリヒが自分でズボンに手をかける。

「お前にやらせると日が暮れそうだ。あとは自分で脱ぐ」

それがいいと思います。

心の中で相槌を打ち、ロザリンデはそそくさと服を纏めると、旅行用のトランクまで運んでいく。

着替えのガウンを持って脱衣所に戻ったら、ハイドリヒがちょうど裸になったところで、筋肉質な太腿と引き締まった臀部を目撃してしまう。

動揺して後ずさると、ハイドリヒがロザリンデを一瞥し、タオルを巻いて下半身を隠してくれた。

心惹かれている男性の裸だ。恋愛の経験値が高く、こんな状況に慣れていれば眼福かもしれないが、残念ながらロザリンデは男性とお付き合いをした経験がない。

前世でも……おそらく、そうだったと思う。

少なくとも、社会人になるまでは年齢イコール恋人がいない歴を更新していた。

命を落とすまでの数年間の記憶は、欠落している部分が多いので疑わしくもあるが、なにせ乙女ゲームにハマっていたくらいだから。恋人はいなかっただろう……たぶん。

——湯浴みの手伝いをするだけだから、大丈夫。彼の裸は見ないようにして背中を流して、さっさと終わらせてしまえばいいの。だから……とにかく、落ち着きましょう！

脳内では動揺しきった心の声が、阿鼻叫喚の様相で飛び交っている。

緊張で心臓が弾け飛ぶ前に、仕事と割りきって早々に終わせてしまおう。

ロザリンデは裸足になり、膝が見えるほどの位置までドレスの裾を持ち上げた。動きやすさを優先して、予備に持っていたリボンで裾をまとめる。

ハイドリヒを追って浴室に入ると、小部屋ほどの広さがあり、中央には猫足のバスタブがどんと置かれていた。金色の蛇口からバスタブにドドドと音を立てながら湯が注がれている。

浴室の奥にはシャワーが完備されていて、古城にも拘わらず水道の管理はしっかりしているようだ。

——水道設備が整えられているのは、この世界のいいところね。毎日シャワーを浴びられるもの。

「先に身体を洗う。手伝え、ロザリンデ」

シャワーの下へ移動したハイドリヒが、ちょいちょいと手招く。

ロザリンデは視線をさ迷わせつつも、泡立て用の柔らかいタオルと薔薇の香りがする石鹸を持って、彼に近づいていった。

ハイドリヒがシャワーを浴び始める。サアアと湯の流れる音が響いて、湯気が立ち上った。

ロザリンデはさりげなく彼に背を向けて、呼ばれるのを待った。先ほどからずっと顔が熱かった。

ちらりとハイドリヒのほうを見たら、濡れた長い髪を両手でかき上げている。

湯気が立ちこめる中でも、彫りの深い横顔がくっきりと浮かび上がっていて、シャワーの湯が鍛えられて隆起した肩や背中に滑り落ちていく。

――シャワーを浴びる男性って、こんなに色っぽいのね……。

初めて目の当たりにする男性の色香に、ロザリンデの視線は繋ぎ止められた。

恋人がベッドでする行為については一般的な知識を持っているが、実戦経験は皆無。

当然ながら、男性のシャワーシーンを覗き見たことは一度もない。

ロザリンデが口を開けたり閉じたりして眺めていたら、彼と目が合ってしまう。

「ロザリンデ、こちらへ来い。身体を洗ってくれ」

「っ、はい！　かしこまりました」

ハイドリヒがシャワーを止めたので、ロザリンデはおずおずと近づいていく。背伸びをしながら、泡立てたタオルでハイドリヒの身体を洗い始めた。

「陛下、少し屈んでください。私では手の届かないところがありますし、バスタブの中で洗ったほうがよろしいのでは？」

「このままでいい。お前がどのような表情で私に触れているのか、観察できる」

「観察？」

「顔が赤い。緊張しているだろう」

「私は緊張していません、陛下。ただ仕事をこなしているだけです」

「そうか？」

「そうです。もう少し屈んで頂けますか。背中を洗わせてください」

ロザリンデは屈んでくれたハイドリヒの背後に回り、彼の身体に残る細かい傷痕に気づいた。

「たくさん傷があるのですね」

「幽閉時代に負った傷だ。兵士に付けられた傷もあるが、塔を抜け出してピカロと剣の稽古をした時や、貧民窟(スラム)にいた元軍人のならず者と戦った時の傷も多い。元軍人の連中は強い上、剣の作法も何もなく斬りかかってくる。あれは、いい鍛錬の相手になった」

ならず者と戦うなどと、ロザリンデには想像もできないような状況だ。

改めて、ハイドリヒの育った環境は自分とかけ離れたものだったのだなと実感する。

「背中は終わりました。あとは、ご自分で洗ってください」

ロザリンデはタオルを押しつけて、これで山場は一つ越えたなと胸を撫で下ろした。

しかし、彼女に背を向けたハイドリヒがぽつりと言った。

「これが終われば、次はお前の番だぞ」

「私の番とは、どういうことでしょう」

「お前は世話係として、よく働いてくれている。たまには、私が労(ねぎら)ってやろうと思ってな」

泡まみれになったハイドリヒが、シャワーのコックを捻って流し目を送ってくる。

闇の王と共に入った浴室で、とんでもない展開(イベント)が始まろうとしていると察したロザリンデは、顔に笑みを張りつけたまま後退した。

「陛下のお手を煩わせるわけには参りません。私は自分の部屋に戻って、湯浴みをします」

「少し待て。すぐに泡を洗い流す」

「ゆっくり洗い流してください。陛下の着替えを持ってくるのを忘れました。取って参ります」

ロザリンデはじりじりと浴室の戸口まで移動したが、ハイドリヒが呪文を唱えて指をパチンと鳴らす。

ロザリンデの頬を風がヒュッと掠めていき、浴室の扉がバタンと閉まった。

「⁉」

「逃げられないぞ。大人しく待っていろ」

「今のは魔法ですか？」

「風を操る魔法を応用した。扉を閉めるのに便利だな」

ドアノブを掴んだが、びくともせず、逃げ場を塞がれたロザリンデは遠くを見て現実逃避をする。

ハイドリヒの気配を背後に感じて、飛び跳ねる兎のような俊敏さでバスタブの陰に身を隠したものの、あえなく捕獲されてしまった。

「私は洗って頂かなくとも結構です！」

「遠慮しなくていい」

「遠慮ではなく、っ……あ」

ハイドリヒの手が胸元に添えられた。背中から布越しに彼の体温が伝わってくる。

ロザリンデはドレスの上から胸を揉まれる様を呆然と見下ろし、数秒後、首まで赤くなった。

何か言わなくてはならないと思うのに、頭が回らない。

熱のこもった口説き文句をぶつけられて、こんなふうに迫られるたびに、ロザリンデの思考能力は投棄されたガラクタ並みに役に立たなくなるのだ。

ハイドリヒの唇がうなじに押し当てられた瞬間、ロザリンデは膝が震えるのを感じた。

「まずは、お前のドレスを脱がさなくてはならないな」

「っ、は……」

「ロザリンデ」

低く、掠れた声で名を呼ばれて耳をかぷりと齧られる。

敏感な耳殻に吐息を吹きかけられて、ぶるりと震えたロザリンデは口を開けた。

「あぁんっ……」

甘ったるい声が浴室に反響し、ロザリンデは勢いよく両手で口を押さえる。

――私ったら、なんて聞くに堪えない声を上げているの……！

自分を叱咤していたら、身体に巻きついているハイドリヒの腕にぐっと力が籠もった。

もう一度、同じ声を上げさせようとするかのように、彼が耳を甘噛みしてくる。

「んっ……陛下、耳はやめてください」

「また、先ほどの声を聞きたいんだ」

「あのような聞き苦しい声は、もう二度と出しません」

「聞き苦しくなどない。愛らしい声だった」

ロザリンデが前屈みになろうとすると、腕を掴まれてくるりと向きを変えられる。

ハイドリヒに抱きすくめられ、しかも彼が裸なものだから、彼女は再びパニックに陥った。

全身の血液が、沸騰したみたいに目まぐるしく駆け巡っていく。

「こ、この状況は……私には、刺激が強すぎます」

「抱きしめているだけだ」

「陛下が、裸でいらっしゃるから」

ロザリンデは激しい目眩を覚えた。

逞しい胸板、太い腕、筋肉質な肩や腰、硬い太腿——全体的に引き締まった身体を、ハイドリヒがぐいぐいと押しつけてくる。

「……こういったことには、慣れていないと言ったはずです。陛下も気をつけてくださると、おっしゃったではありませんか」

「状況が変わった。時間をかけるつもりでいたが、お前の心が私に向いているのならば遠慮はしない」

「私の心って……もしかして、レイとの会話を聞いていたのですか？」

「私に頼み事があるというあたりから聞いていた。あの場にはレイもいたから、お前が恥ずかしがると思って黙っていた。立ち聞きしたことは、謝る」

未だかつてない羞恥がこみ上げてきて、ロザリンデは右手で口を覆った。

——何てことなの……！　頼み事の件だけならまだしも、陛下を好きだと言ったことまで、本人に聞かれていたなんて！

ハイドリヒが額やこめかみへと求愛するようにキスを落とし、最後に彼女の唇を奪っていく。

ざらついた舌が口内に入ってきて、たっぷりと濃密な口づけを受けた。

「っ、は……ぁ……」

「ん……お前の気持ちは嬉しかった。こうして触れたくて、湯浴みを口実にした」

小鳥が餌を啄むように軽やかなキスが、顔のあちこちに降り注ぐ。

ハイドリヒに本心を聞かれたショックが抜けきっておらず、ロザリンデが抵抗する気力もなく身を委ねていたら、お腹の辺りにぐりっと硬いものが当たった。

ロザリンデは視線を下に向けて、その正体を知るなり呼吸のやり方が分からなくなった。

ハイドリヒの腰に巻かれたタオル越しに、興奮して大きくなった彼のアレが押しつけられている。

彼女の目線の先を見たハイドリヒが口の端を歪めて、ぶっきらぼうに言った。

「お前に触れていたら、勃った」

――勃った？

何が、と問うほど無知ではない。

しかし、硬くなった男性の一物を押しつけられるのが初めてだったロザリンデは、辛うじて保っていた何かがぷつんと切れて、ふら～っと後ろに倒れていく。

「ロザリンデ！」

遠くのほうで、ハイドリヒの呼ぶ声が聞こえる。

立て続けに衝撃を受けて限界を迎えたロザリンデは、胸の鼓動がどくどくと早鐘を打っているのを感じながら、生まれて初めて目を回して倒れた。

第四章　闇の王の秘密

天蓋つきの広いベッドで目を覚ましたロザリンデは額を押さえた。

「あれ……私、どうしたのかしら……」

「やっと目覚めたな」

横から声がして、そちらに顔を向けると、湯上がりで半裸のハイドリヒが寝転がっていた。

ロザリンデは一瞬、自分が寝ぼけて夢でも見ているかと思ったが、

「浴室でいきなり気を失ったから、驚いた。大丈夫か？」

ハイドリヒの手が伸びてきて頬を撫でられたので、そのリアルな感触に、これは現実であると判断した。

勢いよく起き上がったロザリンデは、動揺しながら彼と距離を取ろうとするが、そのままベッドから落ちそうになる。

すかさずハイドリヒの腕が伸びてきて支えられ、元の場所まで引きずり戻された。

「いきなり意識を失ったから驚いたが、体調は悪くないんだな」

「は、はい……陛下のお手を煩わせてしまって、申し訳ありません」

「それは構わない。だが、心配した。本当に大丈夫なのか？」

「ええ。ただ気を失っただけですから、心配なさらないで」

「揺すっても反応がなくて、お前の身に何かあったのかと生きた心地がしなかった。寿命が縮んだぞ」

本当に気を失っただけなので大げさです。

そう言おうとしたロザリンデは、ハイドリヒの表情を見て口を噤む。

彼の顔には、焦燥（しょうそう）と憤（いきどお）りが入り交じった複雑な表情が浮かんでいた。

「お前が、私の腕の中で気を失ったのは三度目だ。先ほどのように突然倒れられると、気を揉む。私は、もう二度と――」

何かを言いかけたハイドリヒがハッとして口を押さえる。

「陛下？」

「何でもない」

ハイドリヒが早口で訂正してロザリンデを抱きしめたが、彼の手は小さく震えていた。

「本当に、どうされたのですか？　私、そんなに心配をかけてしまいましたか」

「いや、気にしないでくれ」

ロザリンデを腕の中に抱えこみ、ハイドリヒは「何でもないんだ」と、繰り返した。

彼の様子が少しおかしかったので、ロザリンデはいつもみたいに窘（たしな）めることはせず、おそるおそるハイドリヒの背を抱き返す。すると、より一層きつく抱きしめられる。

広いベッドの上で濃密な触れ合いもなく、ただ抱擁された。

やがて、ハイドリヒがゆっくりと身を離して顔を覗きこんできた。

「ロザリンデ」

「はい、陛下」

「もっと、お前の温もりを感じたい。浴室でできなかったことの、続きをしようか」

ハイドリヒが掠(かす)れ気味(ぎみ)のハスキーな声で囁き、硬直するロザリンデのうなじを撫でた。そして、小声で「転移(マヴェル)」と唱えた。

その瞬間、ロザリンデの頬を風が掠めてドレスが消失し、いつも身につけているペンダントと薄いシュミーズだけになった。

「⁉」

「ああ、うまくいったな」

「なっ、何をしたのですか？」

「ドレスだけを、お前の部屋に転移させた」

「なんてことに魔法を使われるのですか！」

一瞬で裸同然にされたロザリンデは、慌てふためいて身体を隠そうとする。

悪びれた様子のないハイドリヒは、乳房や下半身が透けるシュミーズ姿になった彼女を見下ろして、非常に満足そうだ。

ハイドリヒは日常生活で、ほとんど魔法を使わない。

魔法に頼り始めると依存してしまう。ゆえに自分の手でできることは自分でする、が信条らしい。

しかし、ロザリンデに対しては惜しみなく使用するつもりのようだ。

ロザリンデが素肌を隠しながら逃げ出そうとするのを、ハイドリヒはのしかかることで遮った。シュミーズの脇から手を差しこんで乳房に触れる。

「柔らかくて、手触りがいいな」

嘆息交じりの囁き。臀部にぐりっと硬いものが当たる。

その正体は考えるまでもない。

「陛下っ、その…………あ、当たっています」

ロザリンデが火照った顔を枕に押しつけると、ハイドリヒは押し殺した笑いを零す。

「倒れたのを見て熱は冷めたんだが、こうして触れていたら昂(たか)ぶってきた」

「……また、ここで気絶しようかしら」

「冗談でもそういうことを言うな」

ハイドリヒの声が低くなって、乳房を揉んでいた指に力が入った。ぎゅっと握られて肩が震える。

「っ……分かりました。もう言いません」

「よし。仰向(あおむ)けになれるか」

「……こうですか？」

「いいぞ。そのまま私に抱きつけ」

「拒否権は」

「あるわけがないだろう」

やや被(かぶ)せ気味(ぎみ)に断言されて、ほの赤い顔でため息をついたロザリンデは、ハイドリヒの首に両腕を巻きつける。すかさず抱きしめ返されて、シュミーズの上から身体を撫(な)で回(まわ)された。

「っ、う……」

「もっと嫌がると思っていたが、大人しいな」

「私が逃げたところで、陛下は魔法で逃げ場を塞ぐでしょう。それに、私も自覚はしていますから。……陛下も、私とレイの話を聞いていたのですから、もうご存じでしょう」

――私があなたに好意を抱いているということを。

ロザリンデはハイドリヒの顔に触れて、そのかたちを確かめるように指を滑らせていき、最後に唇へと人差し指を乗せた。すると、その指をぺろりと舐められる。

「観念して私のものになれ、ロザリンデ」

「あなたは、本当に強引な方ですね」

「欲しいと思ったものは、手に入れるまで諦めないからな」

「……手に入れたあとは、私をどうするのですか?」

一時の気まぐれで、手に入れただけで満足して、もう要らぬと飽きてしまったりはしない?

あるいは、別の女性に心を惹かれて捨てたりはしない?

ハイドリヒは彼女の不安をかき消すようにキスをして、抱きしめてくれる。

「愚問だな、ロザリンデ。手に入れたら存分に愛でて、慈しんで、二度と離したりはしない」

夜会で口説いてきた時みたいに、ハイドリヒはきっぱりと言った。

「私の愛を受け入れてくれ、ロザリンデ。お前だけを愛おしむから」

――はじめに口説かれた時から、彼の言葉は嘘に思えなかった。本気なのね。

深呼吸をすると、ロザリンデはハイドリヒをしっかりと抱き返した。

これまでは、ロザリンデ・ウィステリアの辿る運命に身を任せて、ひっそり生きていこうと思っていた。

だが、ハイドリヒと出会い、彼の素顔を知って惹かれた。

ハイドリヒが彼女を選んでくれるというのなら、それに応えたい。側で支えてあげたかった。

ああ、なればこそ——一度くらいは自分の意思で、この世界の決められた流れに抗ってみてもいいじゃないか。

いずれアイリリスに心を奪われるはずの、ネブラスカ王の愛を受け入れると。

「分かりました。でも、一つだけ陛下にお願いがあります」

「何だ？」

「私以外の女性を側に置かないでください。もしも、他の女性を見初めて側に置くのなら……その時は陛下のお側にいられません。すぐに城を出て、あなたとは二度と会いません」

王を相手に条件を出すなどと、不遜だと退けられてもおかしくはない。

それでも、ロザリンデはこれだけは譲れなかった。

琥珀の眼を細めたハイドリヒは、ロザリンデの手を取って恭しく唇を押しつける。

「分かった。この先、私の命が尽きるまで、お前以外の女は側に置かない」

「ええ。……では、どうぞ。陛下のお好きになさって」

破顔一笑したロザリンデは目をぎゅっと閉じて、キスを待つ体勢に入った。

ハイドリヒの低い笑い声が降り注ぎ、甘やかなキスをされる。

「んっ、ふ……」

「好きにしていいというのなら、私以外の誰も、お前に触れられぬよう閉じこめてしまうぞ」

彼が不穏な囁きをして、ロザリンデのシュミーズの中へ手を入れてきた。

柔らかい肌を愛でるように太腿を撫でられ、ロザリンデの指先が小さく震える。

「閉じこめるのは、おやめください……自由を奪われるのは嫌です」

「私がお前の側にいられない時だけだ。そうすれば、誰もお前に手を出そうとは思わないだろう」

「私は身分を剥奪されて祖国を追われた身ですよ。手を出そうとするのは、陛下だけでしょう」

「お前が罪を犯したというのも、私は信じていない」

シュミーズを剥ぎ取ってロザリンデを裸にしたハイドリヒが、目尻を吊り上げた。

「与えられた仕事を誠実にこなし、ピカロやシュトーもお前を認めている。治療室に通う患者の中には、お前を慕う者も着々と増えているだろう。普段の姿を見ていても、罪を犯すような女に見えない」

「では、私が無実だと言ったら、陛下は信じてくださるのですか？」

「お前を信じる。どうせ無能な王子が濡れ衣でも着せたのではないか」

無能な王子。ロザリンデを国外に追いやったジェイド王子をそう称する彼の口調には棘があった。

ロザリンデは目を丸くしてから、ハイドリヒの頭をぐいと引き寄せる。

――国を離れることになって、味方なんて誰もいなかった。だけど、彼は私を信じてくれるのね。

ハイドリヒの顔を豊満な胸に押しつけるようにして抱きしめると、彼が小さく笑って乳房を舐める。前歯で甘噛みしてきた。

「あっ、う……」

「念のために確認するが、無能な王子は、お前には触れていないんだな」

「ええ、一度も」

「本当に愚かな男だ。だが、そのお蔭で、私がお前の初めての男になれる」

「……初めてだと、分かるのですか？」

ざらついた舌先で乳房をねぶっているハイドリヒの頭を撫でながら問うたら、彼はふっと笑った。

「お前が自分で言ったのだろう。男に触れられた経験がほとんどないと」

「あ、確かに……」

「心配するな。じっくりたっぷり、私のやり方を教えてやる。私はずっと――」

ハイドリヒは女性らしい肢体を舐めるように見下ろし、肩から腰までの滑らかな曲線を手のひらでじっくりと堪能する。

「それこそ、気が遠くなるほど長い間、お前に触れたくて堪らなかったんだ」

掠れた声で呟いたハイドリヒは、至高の美術品を愛でるような指遣いで、ロザリンデの白い肌をくまなく探索していった。

「あ……あっ……」

花の蕾（つぼみ）のように尖った乳頭を前歯で軽く齧られて、ロザリンデはシーツの上で泳ぐように身を捩る。

じっくりと胸を揉みほぐされて首を横に振れば、真っ白なシーツに蜂蜜色の髪が散った。

ハイドリヒがロザリンデの足を持ち上げて、太腿の裏側を見ながら笑んだ。

「こんなところに黒子がある」

「……自分でも知りませんでした」

「私が身体をくまなく調べてやろう。お前の知らないところまで、な」

そう宣言したハイドリヒは、ロザリンデの身体のあらゆる場所に触れて、軽く吸いついては赤い痕を散らしていく。

「あっ、陛下、そんなところ……」

「私でなければ見ることのできない場所だ」

ロザリンデの背中から腰にかけて、彼がくまなく口づけて鬱血痕をつけていった。

ハイドリヒは満足するまで所有の花びらを散らすと、放置していた足の付け根に手を差しこんでくる。

軽く湿った媚肉を指で確認してから、くにくにと刺激を与え始めたので、ロザリンデはびくりと跳ねた。

そこは、自分でもほとんど触ったことがない場所だった。

前世では興味本位で自慰行為をした経験はあるが、遥か遠い昔のこと。

ハイドリヒの指が秘裂を探ってくるので、ロザリンデは耳まで赤くなって枕に突っ伏す。

——やっぱり、そこは触るのよね……そうよね、避けられないわよね。

胸中で動揺の声を上げていると、ハイドリヒの指が蜜口を探り当ててずぶずぶと挿入された。

「っ、あ、う……」

「指だけで精一杯だな。ロザリンデ、自分でここには触らないのか」

「触りませんっ」

「そうだろうな。時間はたっぷりあるから、指で慣らしてやろう」

声が裏返るほど勢いよく返答するロザリンデに、ハイドリヒはくっくと喉を鳴らして笑っている。

——陛下ったら、さっきから上機嫌ね。そんなに楽しいのかしら、私はもう息が止まりそうなんだけど。

ロザリンデが枕にぐりぐりと顔を押しつけていたら、ハイドリヒが彼女を仰向けに返して太腿を横へ押し開いた。しなやかな足の間へ再び指を滑らせて、ぷくりと膨れた陰核に触り始める。

指先でこりこりと弄られただけで、ロザリンデはビクリと身を震わせた。

「っ……ん……」

花芯への刺激は甘く痺れるような感覚をもたらした。

ハイドリヒが身悶えるロザリンデの唇に齧りつき、中まで舌を挿しこんでくる。入念に口内をかき混ぜられて、お腹の奥がじんじんと痺れた。

蜜口からは愛液が滲み出してきて、ハイドリヒがそれを陰核に塗りつけるようにして捏ね回す。

「まずは、ここでの達し方を覚えるといい」

「あぁ……陛下っ……」

「私がお前に触れてやれない時は、自分で弄れば心地よくなれるぞ」

「っ、自分で、なんて……しませんっ……」

ロザリンデは顔を背けながら言い返したが、花芽をぐりっと押し潰されると、目の前がチカチカするような心地よさに見舞われた。

「ああ、待ってっ、これは……うっ、ううっ……」

ハイドリヒがロザリンデの唇を甘噛みしながら指の動きを速める。

――あっ、どうしようっ……これはだめっ、熱い、ものが……くるっ……。

一点に集中して甘美な刺激を与えられ続けて、ロザリンデは堪えきれずに初めての絶頂に至った。

「あぁあっ……ンンッ！」

まるで強い稲妻に打たれたような衝撃だった。

ロザリンデが細い首を仰け反らせて震えていたら、達した直後で蕩けた陰部にハイドリヒの指が挿しこまれる。収斂する隘路を押し開くように指がずぶずぶと入ってきた。

浅い箇所でゆるゆると指を動かされると、余韻で陶然としていたロザリンデも我に返る。

「陛下……少し、お待ちを……」

太腿を閉じてハイドリヒの手を退かそうとしたら、口角を歪めて意地の悪い表情を浮かべた彼が、またしても何かの呪文を唱えた。

その瞬間、ロザリンデの両手首を拘束するように魔法の枷が現れて、ひとりでに頭上で固定される。

「っ⁉　なっ、何をなさるのですか……！」

「安心しろ。拘束しただけだ」

「ちっとも安心できません！」

「なんだ、もしかして足枷も欲しかったか？」

「そんなことは一言も言っておりません！」

「お前が安心できないと言うから。いくらなんでも、私は足枷を嵌めるのは反対だ」

「私も反対です！」

絶妙に噛み合わない会話をして、ぜえぜえと荒い呼吸をしていると、ハイドリヒが肩を小刻みに揺らして口づけてきた。

「そう怒るな、ロザリンデ。お前を傷つけるつもりで拘束したわけじゃない」

「でしたら、何のために……」

「枷を嵌められたお前を一度、見てみたかったんだ」

甘い蜂蜜色の髪を乱し、白皙の肌を火照らせたロザリンデが両手を拘束された様を見下ろして、ハイドリヒが薄らと笑んだ。

どうやら拘束を解くつもりはないようなので、ロザリンデは口を尖らせてそっぽを向く。

――彼は、夜会の時も魔法の檻に閉じこめたいとか言っていたわね。この状況もそうだけど、私を拘束したい願望があるみたいだし……もしかして、恋人を束縛したいタイプなのかしら。

はたと、そんな思考に行き着いたものの、すぐに考えている余裕はなくなった。

ハイドリヒが長い黒髪を邪魔そうにかき上げて、ロザリンデの秘裂に挿入した指を動かし始める。

そこからじっくり、たっぷりと時間をかけて愛撫を施し、快楽を植えつけていった。

枕元の明かりで淡く照らされた室内には、悩ましい嬌声が絶え間なく響く。

「はぁ、ああっ……あぁっ！」

乳房を揉まれながら、しとどに濡れた蜜路をしつこく穿り返され、ロザリンデは何度目か知れない快楽の階に達した。

ハイドリヒはびくびくと震えるロザリンデを押さえこむようにベッドに沈めると、理性の芯まで跡形もなく溶かすようなキスをしてくる。

――ああ……気持ちがよくて……もう、何がなんだか分からない……。

ハイドリヒの肌は熱くて、額にも汗の粒が浮かんでいた。

足の間には勃起した男根がぐりぐりとこすりつけられていて、硬い亀頭で陰核をつつかれただけで、あちこち敏感になったロザリンデはビクンッと震えた。

――また、気持ちいいのがくるっ……だめ、もう限界っ……！

「あぁーっ……あっ……」

ロザリンデが仰け反って達すると、ハイドリヒが掠れきった声で囁いてくる。

「もう準備は整ったな、ロザリンデ……お前を、私のものにする」

ハイドリヒの甘い囁きが耳に吹きこまれて、指で押し広げられた蜜口に雄芯の先が突きつけられた。

その際、ハイドリヒの指がくりくりと肉芽を弄ってきたものだから、十分すぎるほど感じやすくなっていたロザリンデは立て続けに快楽の大波に呑みこまれる。

「陛下っ、あ、あぁぁっ……」

「少し触っただけで、また達したのか。お前は感じやすいな」

機嫌よさそうに笑っているハイドリヒを揺らぐ視界で仰ぎながら、ロザリンデは目を閉じていく。

――もう、これ以上は無理……頭がぼーっとして、意識を保っていられない……。

準備の整った隘路に雄芯を押しこもうとしていたハイドリヒが、いち早く彼女の異変に気づく。

「おい、ロザリンデ。どうした?」

「……私、もう……限界で……申し訳、ありませ……」

初めての行為にも拘わらず、片手では数えきれないほど達したロザリンデはがっくりと脱力した。

快楽への免疫がなく、疲れがどっと出てしまったために瞼が持ち上がらない。

これからが本番というところで、ロザリンデが降参宣言をしたものだから、珍しくハイドリヒの焦った顔が見える。

「冗談はよせ、ここで気絶はするな。起きろ、ロザリンデ」

「……ん……はぁ……陛下……」

「目を開けろ、寝ようとするな。本当に、お前はっ……私が、この時をどれだけ待ったと思っている!」

普段ほとんど声を荒らげないハイドリヒの苛立った叫びが遠くなっていく。

舌打ちまで聞こえて頬をぺちぺちと叩かれたが、ロザリンデは睡魔と疲労に任せてベッドに沈んだ。

◆

ハイドリヒは愕然(がくぜん)としていた。

睦み合う甘いひとときを過ごし、ようやく長年の想いを遂げられると期待していたのに、ロザリンデはシーツの上で色っぽく身を投げ出して寝息を立てている。

「信じられない状況だな、くそっ」

ハイドリヒは小声で悪態をついた。下半身のほうは、とっくに準備万端。

あとは身体を繋げることで積もり積もった願望を果たし、甘やかに愛を交わせたはずだった。

ロザリンデの足をぐっと握って、ハイドリヒは葛藤した。

もういっそのこと、彼女が寝ていても構わずに抱いてしまおうか。

最奥まで無遠慮に押し入って乱暴に揺さぶれば、さすがのロザリンデも目を覚ますのでは？

そんな不埒（ふらち）な欲求が頭を過ぎったが、ロザリンデの幸せそうな寝顔を見ていたら、初めての彼女に強引な抱き方はできないと思いとどまる。

「はぁー……」

ハイドリヒは肩を上下させながら、深い呼吸をして身を引いた。

魔法の枷を消し、足元の毛布を引き寄せてロザリンデを包んでやる。

「まぁ、これも彼女らしいか」

ロザリンデがハイドリヒの前で意識を失うのは、四度目だ。

今回は体調を心配する必要はなさそうだが、寸止めというのは腹立たしいこと、この上ない。

「覚悟しておけ、ロザリンデ」

次に抱き合う時は絶対に途中でやめてやらないからな。

寝返りを打ってすやすやと眠るロザリンデに口づけてから、ハイドリヒは浴室へ向かった。

◆

ロザリンデは寝起きの回らない頭で、何があったんだっけ、と考えていた。

――確か、陛下と抱き合っていたような……でも、途中から記憶がない。もしかして寝てしまったの？

すでに朝がきているようで、部屋はすっかり明るくなっていた。

ロザリンデが寝ぼけた頭を振って眠気を醒(さ)まそうとしていたら、こんもりと盛り上がった毛布の中でもぞもぞと何かが動いた。

「そういえば、陛下は？」

ロザリンデは、おそるおそる毛布を捲ってみる。

てっきりハイドリヒが眠っていると思ったのに、予想に反してふさふさとした黒い尻尾が現れた。

「あれ？」

間の抜けた声を出すと、尻尾が何度か横に揺れて、黒い狼が顔を出した。

「あなた……どうして、ここに？」

狼は大きな欠伸をすると、のそりと立ち上がってロザリンデに乗り上げてくる。

いつもは寝床にもぐりこんでくる狼を枕にしていたが、逆に乗られると重量があって「うぐっ」と変な声が出てしまった。

「上に乗らないで、重たいの……どいてちょうだい……」

《朝までぐっすり寝ていたな。その図太さには感心した》

頭の中にハイドリヒの声が聞こえてきたので、ロザリンデは目をパチパチと瞬く。

周囲を見回して、室内に自分と狼しかいないのを確認すると、尻尾をゆるりゆるりと振りながら寝そべっている狼を仰いだ。

「あの……もしかして、陛下ですか？」

《そうだ、私だ》

狼が口をぱかりと開けて鋭い牙を見せた。

どうやら、魔法を用いて頭の中に直接語りかけてきているらしい。

ロザリンデは起き上がろうとしたが、黒い狼ことハイドリヒに乗られていて身動きが取れない。

「魔物か何かだと思っていたのですよ！　どうして教えてくださらなかったんですか？」

《この姿ならば、お前も警戒心を解くだろう。折を見て話すつもりではいた。その機会がなくてな》

「毎朝ベッドにもぐりこんできて、私の着替えも見ていらっしゃいましたよね」

ハイドリヒは黙ったが、尻尾の勢いは増していた。

これは間違いなく確信犯である。

「どうも、おかしいと思っていました。狼なのに人の言葉を理解しているし、部屋に鍵をかけていても難なく入ってくるんですもの。陛下と同じ瞳の色だったので疑ってはいたのですが、あんなふうにじゃれついてくるから、すっかり騙（だま）されました」

——ちょっと待って……それじゃあ、毎朝のように寝起きの姿を見られていたってこと？

ロザリンデが赤面しつつ頭を抱えていたら、狼がゆっくりと上から退いてお座りをした。

《ネブラスカ王家の者はレイの加護を受けていて、その身に宿す魔力は大きく、人によっては獣に変じるこ

とができる。この姿は、私の魔力が生み出したもう一つの姿だ》
説明の最中も、彼が狼の姿でふりふりと尻尾を振っているので可愛さが二割ほど増している。
ロザリンデが尻尾に目を奪われていると、今度は狼が後ろ足で耳の後ろをかいた。
《私は長いこと闇の塔で魔力を封じられていたからな、塔から出た直後はうまく制御できず、勝手に狼になることもあった。今も朝起きると、たまにこの姿をしている時がある》
「陛下、顔を舐めないでください」
《この姿をしていると、狼としての本能が前面に出る。勝手に身体が動くんだ。私のせいではない》
狼がざらついた舌でぺろぺろと顔を舐めてくる。
それでいて、彼が悪気の欠片（かけら）も感じられない口調で自分のせいじゃないと主張するから、ロザリンデは腹立たしさに任せて毛並みを撫でまくった。
すると、狼が呆気なくごろんと腹を出した。
《これも私の意志ではないからな》
ハイドリヒの声は淡々としているのに、狼のほうは撫でられた喜びのあまり尻尾をぼふんぼふんとシーツに叩きつけている。ギャップが凄（すさ）まじくて混乱しそうだ。
「つまり、制御ができないということですか？」
《普段は制御できる。だが、お前に撫でられると、身体が動いてしまうんだ》
「なるほど」
無防備な腹から脇にかけてわしゃわしゃと撫でてあげたら、狼が耳をピクピクさせて「クゥーン」と、気持ちよさそうな声を漏らした。

「ここが、気持ちいいんですね」

《否定はしないが、あまり私で遊ぶな》

「ここはどうですか？」

《……うっ》

「次は、こうしてみましょう」

《おい、そろそろ……》

ロザリンデは制止の声を無視して狼を撫でまくり、元気のいい尻尾を横目で見ながら考えた。

――ネブラスカ王が狼になるだなんて知らなかった。この世界には、私の知らないことや予想のつかないことが結構あるみたいね。

伝承の真実もそうだし、前世から引き継いだ知識が役に立たない時が多い。

もしかしたら、今後もロザリンデが知っているストーリーから逸脱していくのではないだろうか。

柔らかい毛並みを撫でながらぼんやりと考えていたら、唐突に狼の姿が消えた。

瞬く間に、人型に戻ったハイドリヒがロザリンデに覆いかぶさってくる。

「私で遊ぶなと言っているだろう」

「陛下、戻ってしまったんですか……」

「残念そうな顔をするな。こちらが通常の私だ」

「それは分かっています」

ロザリンデは応えながら、さりげなく毛布で素肌を隠した。

先ほどまでは狼が相手なので気にしていなかったが、彼女は裸だった。

すると、上に乗っていたハイドリヒが声色を甘くする。

「朝食までには時間がある。昨夜の続きでもするか」

「……もう朝ですよ。起きて朝食をとり、王都へ戻らなくてはなりません」

「昨夜は私を放置して眠っただろう。その責任を取ってもらわねばな」

「そ、それについては、申し訳ないと思っています。私も、その……気持ちよすぎて意識を失うなんて、初めての体験でしたから」

ハイドリヒは目線を泳がせるロザリンデの髪をくるくると指に巻きつけ、ゆっくりと身を屈めてきた。

そっと唇を重ねられ、ロザリンデは彼の肩に手を添えたが、押し戻さなかった。

吐息を交換するようにキスをしていたら、廊下のほうから慌ただしい足音がする。

そして、突然、ドンドンッと扉を叩かれた。王都にいたはずのピカロの声が聞こえてくる。

『陛下、朝から失礼致します！　ピカロですわ！　火急の用件があって馬を駆って参りました！』

硬直するロザリンデに、素早く毛布を被せて肌を隠したハイドリヒが「入れ」と応えた。

「おはようございます、陛下。実はネブラスカ東部の地域で、魔物が……」

部屋に駆けこんできたピカロは、半裸のハイドリヒと赤い顔で毛布に包(くる)まるロザリンデを見ると、大きく息を呑んで両手を口元に当てた。

「あらまぁ、ウィステリア嬢もご一緒だったのですね！　お邪魔をして申し訳ありません！」

「構わない。ピカロ、わざわざレイナードまでやって来て、何事だ？」

「実は陛下が王都を発たれた直後に、ネブラスカ東部の地域で魔物が出たという報告があったのです。レイナードから直接向かったほうが早いと思いまして、討伐部隊を連れて参りました」

すぐさまハイドリリヒの表情が変わった。

彼はベッドを降りて、シャツを纏いながらピカロに指示を出す。

「私が指揮をする。すぐに支度をして出立するぞ。王都のほうは大丈夫だな」

「問題ありませんわ。シュトーがおりますし、部下にもやるべきことを言いつけておきました」

「魔物の種類は？」

「魔狼（ダークウルフ）の群れです。シュトーの指示で魔法省の魔法使いを数名派遣しましたが、重傷者が何名か出ているらしく、陛下が到着するまで抑えきれるかどうか」

「急ぎ向かおう。……ロザリンデ」

あっという間に着替えたハイドリリヒに見据えられ、ロザリンデは毛布に包まったまま背筋を伸ばした。

「はい！　私に何かできることがありましたら、お手伝いさせていただきます」

「魔狼の討伐は危険だ。お前は先に王都へ帰っていろ」

ハイドリリヒが足早に歩み寄ってきて、ロザリンデに手のひらを翳した。

濃密な魔力の気配が漂い始めて淡い光がぽつぽつと周囲に現れる。

嵐の船の上で目にした転移魔法だと気づいた時、ハイドリリヒが小声で言った。

「王都へ戻ったら、お前に話したいことがある。お前のほうも、私に頼み事があるのだろう」

「はい、陛下！　どうか、お気をつけてっ……」

皆まで言い終わる前に真っ白な光に包まれて、身体がぐんっと引っ張られた。

頭が前後に揺さぶられるような衝撃があり、それから数秒後、見覚えのある王都の自室に立っていた。

ロザリンデは唖然として自室を見渡す。

レイナードへ持っていった旅行鞄も一緒に戻されたらしく、床に落ちていた。

――これが転移魔法……たった一瞬で王都に戻ってきてしまった。

いとも簡単に遠く離れた地へ人を飛ばすことのできる、強力な魔法。

ハイドリヒの魔力の強さに舌を巻きつつ、ロザリンデは身支度を整える。

人と魔物が棲み分けをして共存するネブラスカでは、魔物の討伐遠征はよくあることらしい。

王が自ら現地に赴き、討伐部隊と魔法省から派遣された魔法使いを指揮して、人に害を成す魔物を退治するのだとか。

ハイドリヒ自身も卓抜した魔法の使い手なので、そこまで心配はいらないだろう。

――陛下が無事で戻ってきてくれることを祈ろう。私も、彼に全てを話す準備をしておかなければ。

ドレスのボタンを留めながら、あることに思い至ったロザリンデはぴたりと動きを止めた。

――あっ、そういえば……さっきはそれどころじゃなかったけど、ピカロさんに陛下と一緒にいるところを見られてしまったのよね。

「……陛下が戻ってから、どうするか考えたほうがよさそうね」

そこで、ロザリンデは「あれ、レイは？」と首を傾げた。

神出鬼没な闇のドラゴンが一緒に帰ってきた様子はないので、おそらく、ハイドリヒの馬に同乗して遠征先までついていったのだろう。

ハイドリヒが討伐に向かって、数日が経過した。

魔法省の一室で、魔法陣のストックを作っていたロザリンデは、休憩がてらお茶を飲んでいるシュトーに尋ねた。

「ねぇ、シュトー。あなた、心を操る魔法について何か知らない？」

寝不足らしく、トントンと頭を叩いていたシュトーが怪訝な眼差しを向けてきた。

「かつて存在した魔法だと聞いていますが、今は呪文と魔法陣が現存していません。どうしてそんなことを知りたいんですか？」

「ちょっと気になることがあって。ノーアにいた頃、親しかった大学の先生が研究していた分野なの」

「僕も魔法の研究をしている立場として、興味はありますけどね、そもそも使い道がない魔法です。おそらく相当に複雑な魔法陣が必要で、それなりの魔力も消費すると思いますし」

「魔法を使用する相手が人じゃなく、たとえば古代種のドラゴンであっても可能だと思う？」

「対象が思考能力のある生物ならば可能だと思います。まぁ、古代種のドラゴンを相手に、そんな魔法をかけようとする奴なんていないと思いますがね。巨大な魔法陣とかなりの魔力が必要になりますし」

瞼を閉じたシュトーが、目頭を押さえながら続けた。

「心を操る魔法なんて倫理的に好ましくありませんし、争い事の種になりかねません。だからこそ、過去の魔法使いたちが禁じたんです。魔法は誰かを傷つけるためのものではありません。人々の生活を、よりよいものにするために使われるべきものです」

「あなたって魔法使いの鑑(かがみ)ね、シュトー。私も同感だわ」

「僕を褒めても何も出ませんよ。あ、これと同じ魔法陣も、空いている時間に作っておいてください」

「褒めたら仕事が増えたんだけど」

「僕は使えるものは何でも使う主義です。ロザリンデ、貴女が陛下のお気に入りであろうと、僕には関係のないことですからね」

シュトーがふんと鼻を鳴らして分厚い魔法書を開いた。

ロザリンデも羽ペンにインクをつけて仕事を再開しながら、ぽつりと言う。

「あなたの目にも、私が陛下のお気に入りに見えるのね」

「どう見てもそうでしょう。陛下が女性を側に置くなんて、これまでありえませんでしたから」

「私は、どうして陛下が私を気に入ってくださったのか、未だに不思議で仕方がないのだけど」

「ピカロから聞いた話だと、陛下は貴女が幼い頃にノーアで会ったことがあるそうですよ。その時に、陛下と何か約束でもしていたんじゃないですか。何しろ、貴女の乗った船が嵐に遭った時も、陛下がわざわざ助けに行かれたくらいですから」

シュトーが何げなく零した言葉に、ロザリンデはぴたりと手を止めた。

――幼い頃に陛下と会っていた？　私は全く覚えていないし、初耳なんだけど。しかも、私を助けるために船に現れたの？　乗員乗客を助けるためではなく？

「さて、休憩は終わりです。僕も今日中に片づけなくてはならない仕事があって……」

「シュトー。疲労回復によく効く魔法があるの。眠気が飛んで仕事効率が上がるはずよ。その魔法をかけてあげるから、ちょっと話を聞かせてほしいんだけど」

「悪くない条件ですね。僕に何が聞きたいんですか？」

仕事中毒のシュトーが提案に乗ってきたので、ロザリンデは「さっきの話を詳しく教えて」と要求した。

ハイドリヒが戻ってきたのは、その翌日のこと。

王の帰城を知ったロザリンデは、予約のあった治療を終えると、足早にハイドリヒの私室へ向かった。

討伐部隊の帰還に沸き立つ城内を進んでいき、ノックもせずに扉を開け放つ。

「お怪我をなされたと聞きました、陛下！　私に治療をさせてください！」

凱旋の報告と共にもたらされたのは、ネブラスカ王が怪我をしたという知らせだった。

王の私室へ踏み込んだロザリンデが声を張り上げたら、カウチでひと心地ついたハイドリヒと、慣れた手つきで紅茶を注いでいたピカロが同時にこちらを見た。

ロザリンデは険しい剣幕でハイドリヒに駆け寄り、彼の腕を取って診察を始める。

「お怪我をされたのはどこなのでしょう。腕ですか？　お腹ですか？　それとも足ですか？」

「ウィステリア嬢。そう捲し立てずに、少し落ち着きなさいな」

「落ち着いてはいられません。こういう時のために、私は治癒魔法を学んできたのですよ」

「ロザリンデ」

ハイドリヒがロザリンデの手をそっと押さえた。

「私なら大丈夫だ。怪我は魔狼に噛みつかれて、腕に少々かすり傷ができた程度だ。討伐も滞りなく済ませて、部隊の被害もほとんどなかった」

彼はシャツの袖を捲って包帯の巻かれた腕を見せる。

かすり傷と言っているが、二の腕から肩の辺りまで負傷しているようだった。

「すぐに癒します。外傷を癒す魔法陣を取って参りますので、少しお待ちください」

ハイドリヒは治療をしたくてうずうずしているロザリンデの肩に手を乗せると、口火を切った。

「すでに医師の治療を受けている。痛み止めも効いているから、あとでいい。それよりも大事な話がある」

「お前の今後のことだ、ロザリンデ。今回の遠征の最中にピカロとも相談したが――私はお前と婚約しようと考えている」

――えっ、婚約？

ロザリンデは緋色の目を見開いて絶句する。

ハイドリヒと相思相愛になり、同じベッドで一晩を過ごした関係だが、一足飛びで婚約に行き着くとは想像だにしていなかった。

「お前は侯爵令嬢として育てられ、ウィステリア家は王族と婚約するほどの家柄だ。育ちは申し分ない。私の正妃として迎えよう」

「陛下……私を正妃にしてくださるの？」

「もちろんだ。お前以外の女を側に置くなと言ったのは、ロザリンデ、お前だろう」

ハイドリヒに手を握られて、いつも以上に甘さを増した眼差しを向けられる。

見つめ合っていたら、ピカロが小さな咳払いをしたので、ロザリンデはハッと我に返った。

「とても嬉しいお言葉ですが……私は貴族の身分を剥奪されています。陛下と婚約するとなれば、私の素性を公表しなくてはなりません。国を追い出された立場であることも知られてしまいます」

「それについてだが、まず、お前がどうして裁かれたのかを説明しろ。ノーアからの書簡に記されていたのは、お前が罪を犯したためにネブラスカの修道院へ送るということだけだった。詳しい罪状はなかった」

ロザリンデは唇を引き結ぶと、魔石のペンダントを握りしめる。

ハイドリヒは彼女と婚約したいと意志表明をしてくれた。

今後のためにも、隠し事はせずに彼と側近のピカロには事情を話しておくべきだ。

「……分かりました。お話しします」

「ああ、ちょっと待って。話を聞く前にシュトーを呼んでくるわ。彼にも聞いてほしいから」

ピカロが、すぐにシュトーを呼んでくれた。

王室付きの魔法使いは文句を言っていたが、状況を説明すると話を聞く体勢に入る。

ネブラスカで出会った王と側近たちを前にして、ロザリンデは初めて自分の容疑について語った。

端的に話を語り終えると、目尻を吊り上げたハイドリヒが刺々しい口調で吐き捨てる。

「私の予想通りだったな、無能な王子め。どうせ碌な調査をしていない。お前に罪を着せて国から追い出したかっただけではないのか」

「陛下のおっしゃる通りですわ。王子だけでなく、その令嬢たちも無実のウィステリア嬢に罪を被せるだなんて本当に許せないわ」

「僕も陛下とピカロに同意します。完全に濡れ衣でしょう」

「皆さん……私の言葉を信じてくださるの？」

三人が懐疑的にならずに信用してくれたので、ロザリンデが胸を熱くすると、シュトーが鼻で笑った。

「ロザリンデはいじめの計画を練っている時間があったら、くそ真面目に仕事をするか、勉強するか、もしくは美味（うま）いものを口に詰めこんで幸せに浸っているような人ですよ」

「そうよそうよ。ウィステリア嬢は患者さんには優しく真摯に対応するし、私の可愛いコーネリアだって懐いているのよ。悪意をもって誰かに危害を加えるような女性じゃないわ。よく執務中にお腹を鳴らして陛下に呆れられていたけど」

「シュトーにピカロさん。信じてくれるのは嬉しいのですが、ちょっと一言多いです」

ロザリンデは思わず指摘したが、ハイドリヒに頭をくしゃりと撫でられて口を噤む。

「この数ヶ月、私たちは共に働いてお前を見てきた。その上で、お前が裁かれるような真似をする女性ではないと判断したということだ。それに、言っただろう。私はお前を信じる」

信じる、と。

ハイドリヒがくれた言葉の響きに、ロザリンデはひゅっと息を止めた。不覚にも目頭が熱くなる。

——三人とも私自身を見て、私の言葉を信じてくれるのね。

ロザリンデが感動していたら、ハイドリヒがピカロに目配せした。

「事情は分かった、ロザリンデ。つまり、お前の無実を晴らせば、私の正妃として堂々と国民たちにも紹介できるというわけだ」

「そうとなれば、陛下。やはりウィステリア嬢をノーアへ連れていかれるのがよいでしょうね」

目尻を拭(ぬぐ)ったロザリンデが弾(はじ)かれたように顔を上げると、ハイドリヒが首肯する。

「私はネブラスカの王として、数年おきにノーアで開催される二国会談に出席している。ちょうど今年も会談が開催されるんだ。そこへお前も連れていこう。夜会も開かれるだろうから、無能な王子……ジェイド王子と顔を合わせることにもなるだろう。私の同伴者として行けば、令嬢たちにも堂々と話を聞けるぞ。私の前で嘘をついたら舌を抜いてやるとでも脅せば、きっと正直に話すだろう」

声色を低くしたハイドリヒが凄みのある笑みを浮かべた。

──陛下が、とっても悪い顔をしているわ！　でも、確かに私がノーアで無実を主張するなら、陛下が味方になってくれるのはとても心強いわね。それにルナの件でノーアへ連れていってほしいと、私から陛下に頼むつもりでもいたんだもの。

ハイドリヒの提案について、ロザリンデは瞼を閉じて熟考した。

断罪される未来を受け入れて、成り行きに身を任せて生きてきた。

罪を着せられても言い逃れしなかったのは、裁かれても構わなかったからだ。

しかし、今はもう、あの頃とは違う。

──陛下は私を妃にと望んでくれた。一時の気まぐれではなく、私を側に置いてくれるのよ。そういうことなら、私も自分にできる限りのことをして、彼に相応(ふさわ)しく在れるようにしたい。

濡れ衣を晴らして無実であると証明できたら、堂々とハイドリヒと婚約できる。

ロザリンデは両手で自分の頬を叩くと、ハイドリヒ、ピカロ、シュトーの顔を順繰りに見つめた。

「分かりました。無実を証明するためにも、私をノーアへ連れていってください」

この決断が吉と出るか凶と出るかは、ノーアへ行ってみなければ分からない。

それでも、ロザリンデにはノーアでやるべき指針が見えていた。

だから、迷うことはない。

決意の籠もったロザリンデの言葉に、ハイドリヒが薄く笑んで「あい分かった。共に行こう」と頷いた。

話が纏まったところで、ピカロが眠そうに目をこするシュトーを連れて部屋から退散していった。

気を遣ってハイドリヒと二人きりにしてくれたようだ。

ハイドリヒの視線を感じて、ロザリンデはコホンと咳払いをした。

「おかえりなさいませ、陛下。まだ言っておりませんでした」

「ああ、ただいま。ロザリンデ」

「ご無事で……とは言い難いですが、こうしてお戻りくださって安心しました。これから少しお時間を頂けますか？　あなたにお話ししたいことがあるのです」

「私もだ、ロザリンデ。お前に話さなくてはならないことがある」

ハイドリヒがカウチから立ち上がり、ロザリンデに手を差し伸べてくる。

「テラスへ出ないか。外の空気を吸いながら話がしたい」

頷いたロザリンデはハイドリヒの手を取った。テラスまで導かれ、眼下に広がる王都を眺めて感嘆の吐息を漏らす。

ハイドリヒが戻ってきたのは太陽が西に傾き始めた頃だったので、外は夕暮れ時だ。

王の私室のテラスからは、鮮やかな黄昏（たそがれ）の色に染まったネブラスカの城下町が見渡せる。

立ち並ぶ家屋の窓ガラスに夕日が反射し、あちこちで宵の星みたいに光っていた。

夕暮れの街並みの美しさを堪能したロザリンデは、茜（あかね）色に染まった空を仰ぐ。

この世界に来てから気づいたことがあった。

世界の成り立ち、街並み、人々の服装や慣習――あらゆるものが前世の世界とは違うというのに、空だけは同じだった。

昼には青空が広がり、黄昏時には一日を惜しむような橙（だいだい）色に染まって、夜が訪れると濃紺の絨毯（じゅうたん）にダイヤモンドをちりばめたような星空が現れる。

空だけは、前世と変わらぬ法則で頭上に存在していた。

ロザリンデが魅入られたように夕空を仰いでいたら、空でも街並みでもなく彼女の横顔を見つめていたハイドリヒが深く息をついた。

「ロザリンデ、お前はノーアへ行きたかったのだろう。一緒に連れていくことはできそうだ。しかし、レイと別の話もしていたな。私に事情を打ち明ける、と」

「はい。信じてもらえないかもしれませんが、陛下にはきちんとお話ししておきたいのです」

ロザリンデは胸に手を当てた。

心を落ち着かせるように深呼吸をして、ハイドリヒの煌きを放つ金色の瞳を見つめる。

「陛下。実は……私には前世の記憶があるのです。もともと私は全く違う世界で生きていて、光のドラゴンのルナによってこの世界へ転生させられました。自分の無実を晴らすためだけではなく、私はそのルナに会うためにもノーアへ行きたいのです」

荒唐無稽な話だと、思われるのは覚悟していた。

ロザリンデが固唾を呑んで反応を待つと、ハイドリヒは端整な面に愁色を浮かべて視線を逸らす。

「……そうか。お前の話を信じよう」

「っ、本当に信じてくださるの？」

「ああ。その代わりに」

一旦言葉を切り、ハイドリヒは重々しいため息をついた。

「私の話も聞いてくれ、ロザリンデ。私もいつ話すべきか、いっそ話さずにいようかとも考えたが……お前は言っていただろう。過去も未来も受け入れてくれて、全て分かち合える相手が欲しいと」

私もお前と同じ気持ちだ。だから、やはり話そうと思う。

彼はそう言って、口角の片側を持ち上げた。

それは初めて謁見の間で対面した時に見た、独特で魅力的な笑顔。

――この笑い方……陛下に挨拶をした時に、どこかで見たことがあると思った笑み……やっぱり、見覚えがある。

ロザリンデが食い入るようにハイドリヒの顔を注視していると、彼が頬に手を添えてくる。

とっておきの宝物を前にしたような、あるいは触れることも躊躇う至高の存在と接しているかのような、そんな指遣いでロザリンデの頬を撫ぜながら、ハイドリヒは秘密を打ち明けた。

「私もまた、前世の記憶がある。そして、前世の私は、お前の恋人だった」


太陽が沈み始めて、黄昏の空が夜のヴェールに包まれていく。夕から夜に切り替わるほんのひととき。

ロザリンデは口を開けたり閉じたりして、戸惑いに瞳を揺らした。

――何を言っているの？　陛下が、前世の私の恋人？

ハイドリヒの顔に触れたら、その手を取られてきつく握りしめられる。

彼が手のひらに甘えるように頬を押しつけて嬉しそうに笑うものだから、戸惑いは増していく。

――ちょっと待って。私には〝恋人がいた〟なんて記憶はない。

彼女の前世の記憶は、ところどころ欠落している。

特に死ぬ前の数年間は、まるで虫に食われたような穴が空いていて曖昧な部分が多かった。

「陛下が、私の恋人だった？」

「そうだ。お前の前世の名前を言ってみせようか」

ハイドリヒが口にした名前は、紛れもなくロザリンデの前世の名前だった。

それ以外にも、彼女の生年月日や家族構成から始まり、働いていた会社の名前まで当ててみせた。

「全て合っています……でも、私はあなたのことを一切覚えておりません」

「ああ、知ってる」

「知ってるって、どうして……」

「転生の時に、お前の記憶から、私の存在が消されたんだ」

どうして？

息を吹きかけただけで消えてしまいそうな細い声で、そう繰り返すことしかできない。

ロザリンデが泣きそうな顔でハイドリヒの手を握ったら、彼は金色の目を閉じてふーっと息を吐く。

「お前は光のドラゴンと何か話しているはずだ。私からは、うまく説明できない。ただ、お前の記憶がないということだけ知っている」

「そんな……」

ロザリンデは言葉を失くし、何度も頭を叩いて思い出そうとした。

——そういえば、たまに夢を見る。私の知らない、前世の記憶のようなものを。

厚い雲がかかっていて星の見えない夜。

空気はキンと冷えていて、見覚えのない海浜公園の海に映る極彩色のネオンはひときわ美しい。

それを眺める彼女の隣には、顔を真っ黒に塗り潰された〝誰か〟がいて、何かを言うのだ。


『——お前が……だ…………何が……も……』


きちんと聞き取れない。ノイズが混じっていて、声色さえ判別できない。

ただ、いつも目覚めて思うのは、とても幸せだった気がする、と。

——まさか、あれは……前世の恋人との、記憶？

それを認めた瞬間、ロザリンデは顔をくしゃりと歪めた。

「あなたは、最初から全てを知っていて……私を、お側に置いてくださったの？」

「ああ。祖国を追い出されたお前を放っておけなかった」

「……どうして、話してくださらなかったの？　話してくだされば、私はもっと早く……」

もっと早く、何？

前世の恋人のことを思い出せないのに、何かできたというの？

その辺りから頭の中がぐちゃぐちゃになってしまい、感情の防波堤が決壊して大粒の雫が溢れた。

「っ、ごめんなさい……陛下を、責めるつもりはなくて……ただ、頭が混乱していて……」

「分かっている。謝ることはない。私は、ずっと自分の意志で黙っていたんだ」

「……それは……何故？」

ロザリンデがぽろぽろと溢れる涙を拭わずに尋ねたら、ハイドリリヒは押し殺した声で言った。

「この世界で、私はハイドリリヒとして生きてきた。それは恵まれた人生ではない。闇の塔で過ごした日々のせいで、私は人を信用できなくなり、心まで壊されかけて、今のハイドリリヒになった」

押し殺した声で紡がれる言葉に、ロザリンデは胸が潰れそうな思いだった。

闇の塔へ連れていってもらい、彼の話を聞いて、ハイドリリヒの少年期の生活と比べたら、自分がどれほど安穏な生活を送っていたのかを実感した。

「しかし、この人生もまた私のものだ。前世の自分はすでに死んでいて、この世界で生きてきた〝私〟はネブラスカの王、ハイドリリヒだ。お前には、ここで必死に生きてきた私の――ハイドリリヒの過去や人柄を知った上で、愛してほしかったんだ。黙っていて、悪かった」

彼は心に溜まった膿みを絞り出すみたいに吐露する。

「地獄のような日々の中で、お前もこの世界にいるのだとレイから聞いて、ただそれだけを支えにして生きてきた。たとえ姿かたちは変わっても、お前は私の光で、希望で……長い年月ずっと恋い焦がれていた、たった一人の女だ」

「……私のことを、そんなふうに……思ってくれて、いたのですか……?」

「そうだ。この世界でお前と再会してから、ずっとな。幼かったから覚えていないかもしれないが、私が王位を取り戻して初めてノーアへ二国会談に向かった時にも、ノーアの城で会っているんだ」

涸れない泉のように溢れるロザリンデの涙を優しく拭いながら、ハイドリヒが声色を甘くした。

「レイに教えてもらった。ロザリンデ・ウィステリアという名の女性が、私の前世の恋人だと。実際に会ってみると、お前はまだ幼かったが……とても愛らしくて癒された。その時に、これも渡した」

ロザリンデが肌身離さず身につけている魔石のペンダント。

それを指で示して、ハイドリヒは破顔した。

「大事に持っていてくれたんだな。この魔石には、私の魔力が籠められている。お前が命の危機に瀕して助けを求めた時、この魔石を持っていれば察知できるんだ。魔石を媒介として、すぐに転移魔法で駆けつけられるように」

先日シュトーからも、ハイドリヒが幼い頃のロザリンデと面識があり、あの嵐の日はハイドリヒが急に転移魔法で城から姿を消して、ロザリンデや船員たちを救ったのだと聞かされた。

謁見の間で説明を受けた時は、その辺りの事情は全て省略されていたのだ。

――私は何も知らなかった……彼と会ったことも忘れていて、このペンダントでずっと守られていたなんて……あの嵐の時も、彼は私を助けるために駆けつけてくれたのね。

ロザリンデは震える手で口元を押さえながら、頭を下げて礼を言った。

「私のことを、見守っていて、くれたのですね……嵐の時も、助けてくださって……ありが、とう……」

「礼なんて言わなくていい。幼いお前に会いに行ったのも、嵐の海でお前を助けたのも、そして口実を作ってお前を側に置いたのも、全て私が勝手にやったことだ」

ハイドリヒは迷いのない口調でそう言うと、ことさら強く抱きしめてくれた。

記憶の中で黒く塗り潰されている、誰かの顔。

思い出ごと喪(うしな)ってしまった、大切な人。

「……あなたを、思い出せなくて……ごめんなさい……」

嗚咽(おえつ)交じりに謝罪をすると、ハイドリヒは小さく笑って首を横に振った。

「気に病むことはない。こうして〝今の私〟を、お前は愛してくれただろう。それだけで、私は十分すぎるほど幸せなんだ」

彼の胸に顔を押しつけて、思い出せない口惜しさに泣いていたら、髪に頬ずりをされた。

夜を迎えた空には、前世と変わらぬ星がキラキラと瞬いていた。

しばらくして泣きやんだロザリンデは、ハイドリヒからハンカチを借りて目元を押さえる。

「大丈夫か？」

「はい、すみません……泣きすぎました……」

「日も暮れたから、部屋に入ろう。夕食の支度をさせる。食事をとれば、お前も元気になるだろう」

ハイドリリヒがロザリンデの手を取り、室内のカウチまでエスコートしてくれた。

メイドに食事の支度を言いつける彼に、ロザリンデは小声で問う。

「陛下は、どうして転生することになったのでしょうか。私は事故で亡くなったのですが……もしかして、あなたも近くにいたのですか？」

すると、ハイドリリヒは視線を遠くへ飛ばして早口で応えた。

「いや、別の事故で死んだ」

彼と目が合わないので、ロザリンデは眉を寄せながらも「そうだったのですね」と頷く。

「これからは、どのように接したらいいでしょうか」

「これまで通りでいい。秘密は共有しても、私たちの関係に変わりはないのだから」

「分かりました。私も、そのほうがありがたいです」

彼女はすでにロザリンデとして生きていて、ハイドリリヒとは新たに関係を構築した。

だから、互いの秘密を分かち合った上で、この関係を深めていきたい。

部屋に夕食が運びこまれて、ロザリンデはハイドリリヒに見守られながら食事をした。

ナイフとフォークを駆使して食欲旺盛に食事をとる彼女の様子を、ハイドリリヒは隣で眺めていた。

「そんなに見つめないでください。陛下も、食事をされたらよろしいのに」

「私はそこまで腹が空いていない。お前は今のうちにたくさん食べておけ」

「それでは、お言葉に甘えて。……今のうちに、というのは、どういう意味でしょう」

焼きたてのパンを千切りながら訊いたら、ハイドリヒが長い足を優雅に組み直した。

「今夜は私に抱かれるからな。しっかり食事をして体力をつけておけという意味だ。また、途中で気絶されたら敵わない」

「む、ぐっ……」

ロザリンデは呑みこもうとしていたパンを喉に詰まらせそうになって、胸を軽く叩いた。

ハイドリヒも背中をさすってくれる。

「大丈夫か。落ち着いて食べろ」

「……大丈夫です。陛下が、すごいことをおっしゃるから……」

「これ以上は待てないんだ。私がどれほどお前を欲していたのか知らないだろう」

ハイドリヒがロザリンデのうなじを撫でて、その手を華奢な肩へと滑らせていった。

「お前が私に心を寄せてくれて、互いの秘密まで打ち明けた。早く、お前の身も心も私のものにしたい。ここまできて逃げられると思うな」

「少し驚いただけで、陛下から逃げたりはしません。それに……責任を取って頂けるのでしょう？」

「もちろんだ。私はどんな手を使ってでも、お前を妃に迎える。邪魔をする者がいれば容赦しない」

首筋に口づけられても、ロザリンデは平静を装ってスープを啜る。

――邪魔をする者……そういえば、彼はこの世界についてどこまで知っているの？　本筋のストーリーに沿うのなら、ノーアで彼はアイリリスと出会って、心を奪われることになるはずなんだけど。

「陛下、お聞きしたいことが……」

「食べ終わったのなら、ベッドルームに連れていくぞ」

ハイドリヒに顔を覗きこまれて頬に口づけまでされたので、出鼻を挫かれたロザリンデは「まだしばらく食べ終わりません」と、やや上ずった声で応じた。


ネブラスカ王のベッドルームにある天蓋付きのベッドの上で、ロザリンデは白い肌を両手で隠すようにしてヘッドボードに身体を押しつけた。

「あまりにも性急ではありませんかっ」

どうにか心を落ち着かせようとするが、羞恥で声が裏返ってしまう。

相思相愛になり、互いの秘密を打ち明けて、その流れで肌を重ねて想いを伝え合う。

まして前世の恋人同士だったのならば、感極まった流れでベッドインしてもおかしくはない。

ただし、それは有無を言わさず強引に、しかも指をパチンと鳴らされただけで身ぐるみを剥がされる状況ではない。

おそらく、もう少しロマンチックなシチュエーションで行なうことだと思う。

今度はシュミーズさえも残してもらえず、一瞬で艶めかしい裸体に魔石のペンダントをかけた姿にされたロザリンデは、ゆっくりと服を脱いでいるハイドリヒを睨みつけた。

「ドレスを一枚ずつ脱がせるのもいいが、それは次の機会にする。あまりゆっくり進めると、お前はまた気絶するからな」

「……もしかして、私が途中で気を失ったことを根に持っていらっしゃいますか？」

「そんなことはない。ただ、寝ていても構わずに抱いてやろうかとは思ったが」

ジャケットを脱ぎ捨てたハイドリヒが語尾を強くしたので、根に持っているんだなと察したロザリンデは
ベッドの端で縮こまった。心臓がどくどくと早鐘を打っている。

蜂蜜色の長い髪で素肌を隠そうとしていたら、半裸になったハイドリヒがベッドに乗り上げてきた。

「せめて、陛下の腕の治療だけでもさせて頂けませんか」

「治療は後回しでいい。医師から処方された痛み止めも飲んだからな」

ハイドリヒの片腕から肩まで、白い包帯が巻かれている。

黒檀の髪を背中に流し、じりじりと迫ってくる彼の様態はさながら狼のようだ。

――狼の姿をしてじゃれついてくる時よりも、今の彼のほうが、獲物を仕留める前の狼みたいだわ。

その仕留められそうな獲物が、ロザリンデというわけだが。

別のことを考えて羞恥を紛らわせようとしていたら、そこまで迫っていたハイドリヒに抱き寄せられた。

勢いよくベッドに組み伏せられて、柔らかいマットレスに身体が沈む。

「捕まえた。今日は、お前が気絶しようが途中でやめない」

――前回だって、気絶したくてしたわけじゃないんだけど。

ロザリンデは言い訳しそうになるのをぐっと堪えると、可憐な唇を尖らせながら両手を伸ばした。

――こうなったら、先手必勝よ。経験はなくても、私だって彼に触れたいんだから。

淫らな行為をされて思考能力がぐずぐずに溶けてしまう前に、彼の首に腕を巻きつけて引き寄せる。

ロザリンデは自ら顔を傾けてキスをした。

「陛下……んっ、んん……」

ハイドリヒの唇に拙く吸いついて、ぎこちなく舌を使おうとしたら、頭をがっちりと掴まれて逆に舌を搦め取られた。

「ふっ、はぁっ……」

ロザリンデの仕かけた稚拙なキスが、猥りがわしいキスに一変する。

唇をぴったりとくっつけて舌先をぬるぬるとこすり合わせている間に、胸の膨らみをまさぐられた。

「ふぁ……う……」

まだ始まって間もないというのに、ハイドリヒに触れられているとすぐに気持ちよくなる。

ロザリンデは熱い吐息を零し、形が変わるほど揉みしだかれている乳房を突き出すように身を捩った。

もっと近くに来てと、首に巻きつけた腕に力を籠めて肌を押しつけたら、ハイドリヒが笑う。

「あまり煽ってくれるな。碌に慣らしもせずに身体を繋げたくなる」

ロザリンデが両手をぱっと離し、積極的に行きすぎただろうかと頬を赤めると、彼はかぶりを振って濃密なキスをくれた。

「むっ、は、ぁ……」

「咎めたわけじゃないんだ。お前の好きなように、私に触れていい」

「……それでは、お言葉に甘えます」

王の許可を頂いたので、ロザリンデは引っこめた両腕を遠慮なくハイドリヒの背に回した。

ふくよかな胸に滑らかな曲線を描く腰、そこからすらりと伸びる太腿。

ロザリンデは発育がよく豊満な肢体を押しつけるようにして、ハイドリヒにぴったりとくっついた。

すると、彼の動きが止まる。

「ロザリンデ」

「何でしょうか」

「わざとやっているのか？」

足の間に収まっているハイドリヒの腰が揺れて、勃ち上がった雄芯が布越しにぐりっと押しつけられた。

敏感な部分をぐりぐりと刺激されたために、ロザリンデは身震いする。

「無防備に肌を押しつけて、わざとやっているとしか考えられない」

「陛下が、好きに触れていいとおっしゃったのでしょう……私も、あなたに触れたいのです」

ほどよく筋肉のついた背中を撫でていたら、即座に唇を塞がれて足の間を触られた。

ハイドリヒ以外の誰にも触れさせたことのない、秘めやかな場所を弄られる。

すでに少し濡れていたが、彼の指は更に愛液を溢れさせようと動き始めた。

「んん……っ……」

「少し濡れている。だが、これでは不十分だな。私を受け入れたら痛みを与えて傷つけてしまう」

「……痛みがあるのは、最初だけでしょう……これくらいなら、我慢できます」

「できる限り痛みは与えたくない。……治癒魔法に痛みを和らげるものはないのか？」

「ありますが……自分には、使えません……んっ、ん……」

「そうか。私も治癒魔法を学ぼうと思った時期があったが、すぐに断念したから、自分に使用できないというのは知らなかった」

「……陛下も、治癒魔法を……？」

「ああ。お前の身に何かあった時に、使えるから」

「そんな、私のために……？」

「私にとっては何よりも重要なことだった。だが、あいにく治癒魔法の才がなかった。レイの加護を受けた私の魔力は、攻撃的な魔法が得意でも、治療には向いていない」

顔を近づけて話をしながら、ハイドリヒの手は絶え間なく動いている。

ロザリンデがひどく乱れてしまう秘玉を探り当てられ、指先で転がされた。

下半身を愛撫すると同時に、ハイドリヒが乳房に顔を近づけて舌先で先端を舐める。

狼にも変化する彼の舌は獣のそれのようにざらついていた。

尖った乳頭をちゅっと吸い上げられ、口の中で執拗に舐め回されると踵でシーツを蹴ってしまう。

「あぁ……はっ……」

前回の睦み合いと同様に、ハイドリヒはロザリンデの全身にくまなく愛撫を施していった。

——身体の至るところが気持ちいい……。

ありとあらゆる場所に触れられて舌を這わされる。

赤く染まった耳殻を舐められ、うなじから首筋、鎖骨から胸元まで……そうかと思えば、うつ伏せにひっくり返され、肩から始まり背中や腰にまで吸いつかれて赤い鬱血痕を散らされた。

色白の肌は興奮による火照りと、彼につけられた所有痕によって淡く色づいていく。

だが、前回と違うのは愛撫の手が緩やかだということ。

激しい絶頂に追い上げられることはなく、予熱であぶるように官能の炎をじわじわと煽っていった。

ロザリンデはふかふかの枕を抱きしめて、ハイドリヒの吐息がうなじに降りかかっただけでぶるりと身震いした。

「感じやすいんだな。ほんの少し刺激を与えるだけで反応する」

「うっ……私の、意志では……どうにも、ならないのです……ひゃ、っ」

腰の辺りを指で擽られただけで、くすぐったさと甘い痺れの両方に襲われ、ロザリンデは抱えていた枕をハイドリヒの顔に押しつける。

「腰は、やめてください……くすぐったくて、暴れそうになります」

「そうなのか。お前が暴れる様を見てみたい」

「っ、陛下……あっ」

ハイドリヒが邪魔そうに枕を放り投げて、逃げようとするロザリンデの腰をがっちりと捕まえた。

脇腹のあたりを指で擽られた途端、ロザリンデは身悶える。

「あ、あはは……ちょっと、おやめくださっ……あ、あっ」

ロザリンデはくすぐったくて笑いながら両手を振り回した。

それを上にのしかかることで遮ったハイドリヒが、くすくすと笑う彼女の首筋に甘えるように顔をこすりつける。

「お前の笑い声は好きだ。聞いていて心地いい」

ハイドリヒが蕩けるような声で囁いて、じゃれつく狼みたいに頬を押しつけてきたから、ロザリンデは目尻を下げながらおずおずと彼に口づけた。

すると、ハイドリヒがキスを倍にして返してくる。

「ふっ、ん……陛下……」

会話が途切れて、ハイドリヒはロザリンデの蜜口に挿入した指でじっくりと愛撫を始めた。

指を締めつける蜜洞を丹念にほぐして、愛液にまみれた指を何度も行き来させる。

下半身のほうから秘部をかき回すぐちゅぐちゅといういやらしい音が聞こえるので、彼とキスを交わしていたロザリンデは首まで赤くなった。

「あん、あぁっ……陛下、もうっ……」

「一度達しておくか……ほら、いいぞ」

蜜路を穿つ指は抜かずに、手の腹で花芽をぐりぐりと押し潰された瞬間、ロザリンデは恍惚の極みへと達した。

「あぁああっ……！」

柔らかいハニーブロンドが乱れて、ほんのりと淡いピンク色に染まった身体がビクンッと跳ねる。

ロザリンデが絶頂に至って小刻みに震えるところを、ハイドリヒは指を動かしながら観察していた。

そして、激しく胸を上下に動かす彼女の唇をちゅっと吸って、賛辞を口にする。

「乱れて達した姿が、とても美しかった」

「っ……」

「私も、そろそろお前の中に入りたい」

ハイドリヒがもどかしげに下穿(したば)きを脱ぎ捨てて、ロザリンデの足の間に腰を割りこませてきた。

ロザリンデは視線だけチラリと下に向けて、すぐに両手で顔を覆った。

彼の割れた腹筋の下のほう……下腹部には隆々と勃起して反り返った剛直がある。

——あれは、まだ直視できないわ……。

ハイドリヒは照れるロザリンデの膝を掴んで横に開き、我慢を重ねて先走りを垂らす雄芯を、両手でこすって更に硬くした。

十二分に準備を整えてから、その切っ先を初心(うぶ)な秘裂に押しつける。

「ああ、やっとこの時がきた」

ハイドリヒの金色の瞳は情欲の熱で潤んでいる。掠れきった声には期待の色が含まれていた。

ロザリンデは顔を覆っていた手を離し、そのまま彼の首に巻きつける。

「ロザリンデ、お前を抱いてもいいか?」

彼女がこくりと頷いたのを見て取ると、ハイドリヒが漲(みなぎ)る陽物を突き入れてきた。

中途半端でやめると痛みを与えると思ったのか、狭い蜜洞を強引に抉(こ)じ開(あ)けていって、彼は一度も止まることなく奥まで挿入してしまう。

ハイドリヒが力んで、一気にずぷんっと最奥を突かれた。

破瓜を迎えたロザリンデは首を仰け反らせる。

「う、あっ……」

ロザリンデの足を脇に抱えて、腰を軽く前後に揺らしたハイドリヒが吐息交じりに愛を囁いた。

「この日を、どれほど待ったことか……愛している、ロザリンデ……ずっと、お前が欲しかった」

万感の思いだと言いたげにきつく抱きしめられ、ロザリンデは泣きたくなる。

「……私も……あなたを……愛しています……」

互いの目を覗きこんで愛を確かめ合い、啄むようなキスをした。

それだけで胸がいっぱいになる。

「痛みは、どうだ？」

「……思ったよりも……痛い、です」

太くて質量のある男根が蜜壺をみっちりと満たしている。

ロザリンデが泣き笑いの表情で囁くと、ハイドリヒが苦笑して頭を撫でてきた。

「最初だけだから……悪いが、我慢してくれ」

「……これくらい……どうってことは、ありません」

「しっかり私に抱きついていろ、動くからな」

「ええ……んっ、はぁ……陛下、キスを……」

「ああ、好きなだけしてやる」

ハイドリヒは肩で息をしているロザリンデの唇を奪うと、片手を繋いでゆるゆると動き始めた。

脈打つ陰茎が、きつく締めつける内壁を強引に拡張していく。

「ここも、弄ってやろうな」

淫芽をこりこりと指の腹で弄り回されながら、緩やかに胎の奥を突かれた。

――何なの、これ……痛いのと、気持ちいいのが、交互にくるっ……。

ハイドリヒが汗を滴らせながら、徐々に腰を打ちつけるペースを上げていく。

はじめは様子を見るように緩やかだった動きが、少しずつ力強くて深いものになっていった。

大きなベッドがハイドリヒの動きに合わせて、ギシッ、ギシッと軋んだ音を立てている。

どのようにして性行為をするのかという知識はあった。

慣れると快楽を得られて、男女ともに満たされた時間を過ごせるというのも知っている。

しかし実践は初めてだから、ロザリンデはあられもなく押し開かれた足の間で腰を揺するハイドリヒを見上げて、こんな感じがするのねと思う。

嵩を増した雄芯で奥を穿たれるのは疼くような感覚をもたらし、乳房や陰核を弄られると、ぞわぞわとした痺れが体内を駆け巡った。

ロザリンデがきゅうっと爪先を丸めて力を入れたら、ハイドリヒが低い呻き声を零す。

厚みのある彼の身体には玉のような汗が浮いていて、額を流れ落ちる汗を無造作に腕で拭う仕草には雄の色気があった。

ハイドリヒがロザリンデの太腿を掴みながらずんっと腰を押し上げると、長い黒髪が筋肉質で隆起した肩を滑り落ちてくる。髪が肌に張りつく様子も色っぽい。

「んっ、んん……はぁ……」

ロザリンデは息を整えつつ、そんな彼を見上げてぼんやりと考えた。

——彼って、すごく男らしい身体をしているのに……もしかすると、女の私よりも、色っぽい……私は色気なんて、本当に無縁だもの……。

ノーアにいた頃は勉強にかまけていて、ネブラスカに来てからは仕事に明け暮れていた。

着飾ったのは夜会の時くらいで、男性の目を惹くような化粧や服装をほとんどしたことがない。

揺さぶりの最中にうわの空で考え事をしていたせいか、ハイドリヒが動きを止めた。

「……上の空だな、何を考えているんだ」

ロザリンデは彼の肩に手を乗せると、途切れ途切れに声で告げる。

「陛下が、とても……色っぽいなと、思って…………女の私よりも、ずっと……」

「何を馬鹿なことを」

目線を鋭くしたハイドリヒが低い声で言い、ロザリンデの腰をぐっと抱き寄せて深奥まで突き上げた。

「あぁんっ、あーっ……やっ……深、い……」

「私は男だぞ、ロザリンデ……私に抱かれているお前のほうが、色っぽくて美しい」

「はっ、あ……」

「こうして奥を突くたびに、愛らしい声も上げて……腰にくる」

乱暴に腰を打ちつけられ、嬌艶（きょうえん）な声まで上げさせられて、ロザリンデはハイドリヒに縋（すが）りつく。

「陛下っ……あぁ、あっ……陛下っ……」

「その甘い声は、誰にも聞かせたくない。これからは、私だけに聞かせろ……返事は？」

「……あなた、だけです……っ」

激しさを増す行為の中で、何を誓わされているのか分からなくなっていたロザリンデが、こくこくと頷いていたら、ベッドのマットレスに押しつけられた。

ハイドリヒに押し潰されるようにして、胎の奥を突かれる。

「んっ、あぁっ……」

「……やはり、お前を魔法の檻に閉じこめてしまおうか……そうすれば、私だけのものになる。誰もお前に触れられない……それでも、いいか？」

ロザリンデは返事ができなかった。

速さを増していく彼の動きに堪えるので精一杯で、質問の意味さえも理解できていなかった。

パンッと肌のぶつかる音を立てながら腰を押しつけたハイドリヒが、それから数度、大きく腰を押し上げてくる。

彼が呻き声を上げながら吐精した時には、もう意識が飛びかけていた。

「う、っ……」

「あぁ、ああっ……」

押さえつけられたまま、お腹の奥でびゅるびゅると熱いものが吐き出されている。

深々と繋がった部分から溢れるほどに子種を注がれ、それでも尚（なお）、ハイドリヒは上から退こうとはせずにゆるゆると腰を揺すっていた。

――……これで、終わったの……？

ロザリンデが身を投げ出していたら、精の残滓まで注ぎ終えたハイドリヒがちゅっとキスをして起き上がる。奥を圧迫していた剛直がずるりと抜けていった。

ハイドリヒは未だに情欲の熱が燻る金の双眸で、ハニーブロンドの髪に埋もれるようにして横たわっている彼女を見下ろし、そっと頬を撫でてきた。

「ロザリンデ、大丈夫か？」

「……ええ……痛みも、なく……ただ、眠いだけです……」

「そうか。痛みがないなら、もう一度しよう」

「……えっ？」

「早く慣れてほしいからな。あまり優しくできなかったから、次は気をつける」

太腿を持ち上げられそうになり、眠気が吹っ飛んだロザリンデは上に乗ろうとするハイドリヒを押し戻した。

「お、お待ちください……！」

「どうした？」

「二度目は、その……もう少し、休んでからにしましょう。それか、明日の夜に……」

ロザリンデは四つん這いになってヘッドボードのほうまで移動した。身を丸くしながら目線で訴えると、ハイドリヒが目を細める。

「休むのは構わないが、明日の夜に持ち越すのはだめだ。今日から毎晩、抱くつもりだからな」

「ま、毎晩っ？」

「当然だろう。これまで我慢してきたんだ」

ハイドリリヒがじりじりと迫ってくるので、ロザリンデもまたじりじりとベッドの上を動いて、終いには絨毯の敷かれた床に降りた。

しかし、その場に立とうとした瞬間、かくんと膝が折れて座りこんでしまう。

——嘘でしょう……腰が抜けていて立てない。

呆気に取られていたら、ハイドリリヒが傍らに屈みこんで彼女を抱き上げた。

「ベッドに戻れ。少し休んだら再開するぞ」

ハイドリリヒに抱きこまれるようにしてベッドに連れ戻され、ロザリンデは人形みたいに固まったまま、おそるおそる口を開いた。

「陛下、本気で私を毎晩抱くおつもりなの？　ご冗談よね」

ロザリンデがぎこちない笑みを向けたら、ちらりと見下ろしたハイドリリヒが息を吸った。

「——ロザリンデ。私がこの時を、どれだけ待ったか分かるか。この世界でお前に出会ってから十年以上が経過し、ハイドリリヒとして生まれ変わってからは三十年近く経っている。お前は覚えていないかもしれないが、私が最後に恋人らしくお前に触れたのは、それより更に前だ。いくらなんでも、我慢の期間が長すぎるとは思わないか。だから抱ける時に抱いておく。積もり積もった想いをようやく遂げられたんだ、ここで我慢なんてするわけがないだろう」

自分がいかに我慢してきたのかを、一息に告げたハイドリリヒは「お前は私に抱かれて可愛がられていればいい」と付け足し、それきり黙った。

ロザリンデは口をパクパクさせると、薔薇色に染まった顔を彼の胸板に押しつける。

彼の言い分に反論の余地なし。

もちろん、文句も許されない。

この場でロザリンデに許されている返答は、

「……かしこまりました、陛下」

それだけだった。

◆

二度目の交合を終えて、ハイドリヒはあえかな声を漏らすロザリンデの上に突っ伏した。

汗ばんだ肌を重ね合っていると寝息が聞こえてくる。どうやら彼女は限界を迎えたらしい。

ハイドリヒは、ロザリンデの身体を丁寧に清めてやって隣に横たわった。

無防備な寝姿だけでも、優美な色気のある彼女の裸体を抱きかかえて、ハイドリヒは笑みを浮かべる。

「やっと、私のものになった。もう二度と離さない」

彼は前世の記憶を持っていたが、恵まれていた過去の自分には戻れないと分かっていた。

ハイドリヒとしての人生が、あまりにも濃すぎるのだ。

大切な女性を閉じこめてしまいたい。

そして、自分だけのものにしてしまいたい。

そんな思考に行き着くのは、彼の歪んだ心の隙間をロザリンデが埋めてくれているからだろう。

ロザリンデが寝返りを打ち、ハイドリヒに背中を向けた。すかさず抱き寄せて腕の中に包みこむ。

彼女に秘密を打ち明けたことは、結果的によかったと思っている。

ロザリンデが、ハイドリヒのために泣いてくれたからだ。

ハイドリヒはロザリンデの髪を撫でながら、ノーアへ彼女を連れていくことを考えて金の眼を眇めた。

ノーアには、彼の大嫌いな男がいた――ジェイド王子だ。

ロザリンデと幼い頃から婚約しておきながら、彼女を国外へ追いやった男。

もうロザリンデは手に入らないと諦めかけていた部分もあったから、その点については感謝しているが、
ジェイド王子が彼女にした仕打ちは許せなかった。

「ロザリンデを手放したことを、後悔すればいい」

ノーアへ行けば、ロザリンデは自分のものだとジェイド王子に見せびらかすことができる。

そう考えたら、いくらか溜飲が下がって、ハイドリヒはロザリンデの温もりを感じながら瞼を閉じた。

今ここで、彼女はどこも傷つくことなく、幸せそうに眠っている。

それが、ハイドリヒにとっては何よりも嬉しいことだった。

第五章　無実の証明

ハイドリヒ・ベルンシュタイン・ネブラスカが前世を思い出したのは、両親を弑逆した叔父の凶刃が、脳天に振り下ろされようとした瞬間だった。

命を容易く奪い取る、鉛色の刃が頭上に振ってくる——その刹那、記憶の奔流が一気に頭の中へと流れこんできた。

呆然自失とするハイドリヒの頭を叩き割ろうとした叔父は、寸前で剣筋を止めた。

「ここで消しておきたいところだが……お前が死ねば、血筋が絶えて闇のドラゴンの加護が消える。闇の神殿の神官長が、お前だけは殺してくれるなと泣いて縋ってきたわ」

叔父は王族の血を引いていたが、身分の低い母から生まれた庶子で王位継承権を持っていなかった。

ネブラスカ王家の正当な跡継ぎは、ハイドリヒだけだった。

王家と血の契約を交わした闇のドラゴンは、前王が認めた正統な跡継ぎにしか加護を与えない。

それが契約の鉄則事項だった。

「ドラゴンの加護など信じてはおらんが、この国には闇のドラゴンへの敬虔な信者が多いからな。万が一にも神官長の言う通りになり、私が非難の的になっては困る。お前のことはしばらく生かしておいてやる」

そして、ハイドリヒは北方都市レイナードにある闇の塔に幽閉された。

近くには闇の神殿があって、塔の部屋からも外観だけは見ることができた。

当時、ハイドリヒは八歳。目の前で両親を殺され、牢獄のような闇の塔に幽閉されて、そこへ前世の記憶まで蘇(よみがえ)って混乱の渦中にあった。

心の整理をする暇もなく、塔での過酷な生活が始まった。

食事は一日に一度。固くなった黒パンと冷めきったスープのみ。

塔の見張りをしている兵士たちが真面目に職務をこなしていたのは、最初だけだった。

辺境の地での仕事に不満を抱いていたのか、寄る辺のない王子に適当な理由をつけて暴力をふるうことで、日頃の鬱憤を晴らすようになった。

その非道な所業は、まだ少年だったハイドリヒには耐えがたい苦痛で、希望も心も粉々にされた。

そんな生活の中で、ハイドリヒが拠(よ)り所(どころ)にしたのは窓から聞こえる潮騒(しおさい)の音と、目を閉じると頭の中に浮かんでくる不思議な記憶だった。

彼は別の世界で、別の人生を生きていた。

家族や友人にも恵まれて仕事に励んでおり、職場で出会った可愛い恋人がいた。

ハイドリヒはよく海の音に耳を澄ませながら、その記憶を思い返しては空想に耽っていた。

それが前世の記憶だと判明したのは、闇の塔に幽閉されて数年が経過した頃に、とある少年が闇の塔を訪れたからだった。

額に角を生やした少年はレイと名乗り、闇のドラゴンであると説明した。

「ネブラスカ王家の王子であり正当な跡継ぎ、ハイドリヒよ。この塔には強力な魔力封じがかかっているようだが、わしが一時的に抑えておる。おぬしの叔父が圧政を強いて、この国は傾きかけているぞ。おぬしが何とかしろ。わしも手を貸す」

「……何故、私に手を貸すんだ」

「わしも、人の争い事に手を出すつもりはなかったのだ。しかし、さすがにこの状況は目に余る。わしはネブラスカの守護神だからな。それに、わしは大切な番いと賭けをしておる。それは、おぬしと深い関係があるのだ。すでに前世の記憶は取り戻しているだろう」

「前世の記憶？」

レイが澄んだ宝石（ルビー）のような眼を細めて説明してくれた。

ハイドリヒの記憶が前世のものであり、彼はレイによってこの世界に転生させられたのだと。

まさに寝耳に水の衝撃的な事実だった。

「おぬしの魂を呼び寄せて、ネブラスカ王族の血筋に転生させたのも、わしだ。覚えておらんか？」

「真っ白な空間で、誰かと話した記憶はあるが、はっきりとは覚えていない……お前だったのか？」

「ああ。相当な魔力を要したが、そこは闇のドラゴンの力の見せどころよ」

はじめは、まったくふざけた奴だと憤激したものだ。

しかし、腹立たしい闇のドラゴンは希望もくれた。

「おぬしと恋仲だった若い娘がいるはずだ。その娘も、おぬしと同じように転生しているぞ」

「本当なのか？」

「娘の前世の名は――――だろう。わしの番いが、その娘を転生させた」

「彼女の名だ。どこにいる。会えるのか？」

「会えるぞ。海の向こうの光の王国にいる。今の名は、ロザリンデ・ウィステリアだったか。まだ赤子か、幼い子供だと思う。しかし、おぬしのことは覚えていないだろう」

「子供だから、思い出していないのか？」

「そうではない。転生する際に、その娘とおぬしの、双方が払った代償で記憶が消えたのだ」

「代償……」

「ああ。いずれにせよ、その娘はおぬしと共に転生した。それは確かな事実だぞ」

かつての恋人――彼女も、この世界にいる。

たとえ記憶を失っているとしても、彼女に会えるのならば、それでも構わなかった。

――彼女に会いたい。同じ境遇で転生させられて、この世界で生きている彼女をこの腕で抱きしめたい。

たとえ、私のことを忘れていたとしても……今度こそ守り抜きたい。

ハイドリヒは生きる気力を取り戻し、彼女に会いにいくのが一つの目的になった。

レイの助力を得たことで、夜になると、こっそり闇の塔から抜け出すことも可能になった。

だが、レイ以外の味方がいない状況では他に行き場がなく、叔父に知られると厄介なことになると分かっていたので、ハイドリヒは時期が来るまで塔で生活していた。

ある日、人目を忍んでピカロ・トレブローナが闇の塔を訪ねてきた。

両親が存命だった頃、ピカロはよき学友で剣の稽古をする仲だった。

「王子、貴方（あなた）こそ正当な王位継承者であられます。今の圧政のもとで国民たちは苦しむばかりで、国王派の貴族は私腹を肥やして好き放題にしております。このままでは国が傾いてしまいます。ですから、どうか王都にお戻りください。私が尽力いたします」

ハイドリヒはピカロの懇願に応えた。

王子としての気概を取り戻した彼は、絶対に叔父を許すものかと考えていたのだ。

こうしてトレブローナ家の助力を得て、ハイドリヒは着々と準備を進めていった。

北方都市レイナードの貧民窟（スラム）で魔法の才に溢れたシュトーと出会ったのも、この時期だった。

見張り役の兵士たちの買収が成功し、彼は昼にも塔を抜け出して貧民窟に足を運んでいた。

王都の状況に詳しい情報屋にコンタクトを取って、元軍人だったごろつきを相手に喧嘩（けんか）と剣の腕を磨いていたのだ。

そんな折、金回りのよかったハイドリヒをシュトーが襲った。

それを呆気なく返り討ちにしたら、シュトーに縋りつかれた。

「なぁ、あんた……ただ者じゃないんだろ。僕も連れていってくれ。もう、こんな生活はまっぴらごめんなんだよ。僕は生まれつき魔力を持っているんだ。魔法の才能だってある。きっと役に立つから！」

涙ながらに言い募られて、ハイドリヒは孤児だったシュトーを気まぐれで拾った。

この時は、シュトーが将来腕ききの魔法使いとなって、信頼のおける臣下になるとは考えもしていなかったが。

ハイドリヒは少しずつ味方を増やし、十八歳になると闇の塔を出て王都へ向かった。

幽閉されてから、すでに十年の歳月が経過していた。

独学で優秀な魔法使いに育ったシュトーの魔法と、国の正規軍を指揮できるピカロ、そして反国王派の貴族たちの手を借りて、ハイドリヒはネブラスカ城を攻め落とした。

権力に溺れて堕落した叔父の首を自らの手で刎ねて、ネブラスカ王位を取り戻したのだ。

王になってからは忙しい日々を送った。

国民たちに課せられていた重税を軽減し、各地の整備をして身寄りのない者や、貧民窟で見かけた貧しい者たちが頼れるように福祉施設も充実させていった。

やがて王の仕事に奔走する傍ら、ノーアの二国会談に招かれた。

王が交代してから初めての訪問で、ハイドリヒはようやく彼女に会えると期待した。

しかし、ノーアの城に到着したハイドリヒは驚愕した。

ウィステリア侯爵家の令嬢ロザリンデと、ジェイド王子の婚約が発表されたところに、ちょうど居合わせてしまったからだ。

お祝いムードに包まれる城内の空気に耐えられなくなったハイドリヒは、一人で庭園に向かった。

――まったくもって、うまくいかないものだな。

ロザリンデは前世の恋人。幼い彼女とは再会もしていなかったが、別の男と婚約したというのは信じられなかった。

ハイドリヒが、庭園でぼんやりと空を見上げていた時だった。

どこからか元気のよい子供の声が聞こえてきた。

「あーあ。王子とけっこんしろだなんて、大人はかってなことばっかり。イヤだって、いったのに」

王子と結婚。その響きにぴくりと肩を揺らしたハイドリヒは、声の聞こえるほうを見やった。

おそらく七歳か、八歳か……そのくらいの年齢の少女がやってくる。

ハイドリヒは垣根の陰に身を隠した。

どうして隠れてしまったのか、自分でも分からなかった。

少女が愛らしい声でぶつぶつと呟きながら、彼の隠れた場所に近づいてくる。

こんなところで会うとは想像しておらず、困ったハイドリヒは苦肉の策として狼に変化した。

その直後、蜂蜜色の髪を靡かせた少女が垣根の角を曲がって来て、彼と鉢合わせした。

「きゃあっ！」

よほど驚いたのか、ロザリンデは甲高い声を上げて尻餅を突いた。

「いたたっ……あなたは、犬？　どこから来たの？」

怖がって逃げ出すかと思えば、好奇心旺盛な少女は四つん這いで近づいてきた。

優しく頭を撫でられたので、ハイドリヒが尻尾を振ったら少女は顔を輝かせた。

「尻尾をふりふりしているわ。あなた、とってもかわいらしいのね。でも、お城で犬をかっているなんて聞いたことがないわ。もしかして、こっそり入ってきたの？　それとも迷子？」

答えるように尾を振れば、彼女が「迷子なのね！」とはにかんだ。

「私は、ロザリンデっていうの。大人たちがむずかしい話ばっかりしているから、イヤになってこっそり逃げてきたのよ」

――やはり、この少女がロザリンデなのか。

愛くるしい顔をじっと見つめていたら、ロザリンデが腕を組んでぷりぷりと怒った。

「大きくなったら王子とけっこんするんですって。それが私の〝しあわせ〟なんだって。おとうさまは王子に気にいってもらえるように、なかよくしなさいって言うの……それが、私のやくめだって」

蹲（うずくま）ってしょんぼりと肩を落とすロザリンデを元気づけるように、ハイドリヒは顔を舐めた。

すると、ロザリンデが屈託のない笑みを浮かべて首に抱きついてくる。

「なぐさめてくれて、ありがとう。私、お家のためにがんばるわ。私も迷子になったあなたをなぐさめてあげる。あとで、かいぬしさんも探してあげるわ」

小さな手で頭や首を撫でられて、ハイドリヒは何とも言えない感情に襲われていた。

――ああ、そういえば……こんなふうに誰かの温もりに触れたのは、いつぶりだろうか。

闇の塔での生活は孤独との戦いだった。

レイと出会ってからも、誰かと触れ合った記憶はなかった。

「……グルル」

「あら、今のは、へんじ？　あなた、とってもかしこいのね。よしよし、いい子ね」

ロザリンデが無邪気にくっついてきて、ハイドリヒは鼻の奥が熱くなるのを感じた。

――前世で愛した恋人……彼女の生まれ変わりが、このロザリンデ。無邪気で、愛らしくて、それに……なんて温かいんだ。

少女に頬ずりされて、彼女の温もりが孤独に冷えきった心にしみわたっていく。

気づいた時には、金色の瞳から涙が溢れていた。

狼が急に涙をぽろぽろと流し始めたものだから、ロザリンデがびっくりしたように目を丸くする。

「どうしたの？　迷子になって、かなしくなったの？」

愛らしい少女が彼の頭を撫でながら、一生懸命あやしてくれる。

「かいぬしさんは、私が探してあげるわ。もし見つからなかったら、私のお家にいらっしゃい。大切にしてあげる。だから、泣かなくてもいいのよ」

いい香りのするハンカチを取り出したロザリンデが、丁寧に涙を拭いてくれた。

——こんなふうに、涙が出るのは初めてだ……ただ、彼女の温もりが愛おしくて、どうしようもない。

幼い少女に顔を押しつけて、しばらく涙したハイドリヒはくるりと踵を返した。呼び止める声を無視して垣根の陰に入り、人型に戻る。

ぐいと目尻を拭ったハイドリヒは、首にかけていた魔石のペンダントを外した。

それは彼の魔力を固めたものだった。何かと重宝するので身につけていたのだ。

再び狼の姿に変化すると、ペンダントを銜えてロザリンデのもとに向かう。

ロザリンデにペンダントを差し出したら、彼女はにっこりと笑って受け取った。

「私にくれるの？　うれしい、ありがとう！　大事にするね。おまもりにしようかしら」

——そうするといい。それを持っていれば、その身に何かあった時には私が守ってやれるから。

ハイドリヒはお礼を言うように少女の顔を舐めて、垣根の奥に戻った。

「あれ、行っちゃうの？　迷子じゃなかったのかしら……」

ロザリンデは残念そうに手を振っていたが、くるんと身を翻して城に帰っていく。

小さな背中を垣根の陰から見送りながら、ハイドリリヒは心を決めた。

『大きくなったら王子とけっこんするの。それが私の〝しあわせ〟なんだって』

ジェイド王子と結ばれることが、ロザリンデの幸福に繋がるのならば、黙って見守ろう。

ただしロザリンデの命が脅かされたり、誰かが彼女を傷つけようものなら、その時はロザリンデを害した者を許さない。

――側で見守れないのが心残りだが、ペンダントを持っていてくれたら、私はいつでも駆けつけられる。

たとえロザリンデの人生にハイドリリヒが必要ないとしても、この世界で彼女が幸せなら、それでいい。

それから時が流れて――

荒れ狂う海の上で、ハイドリリヒは意識を失ったロザリンデを抱きしめていた。

嵐の海で船ごと沈みかけていた彼女がペンダントを握りしめて、初めて助けを求めたのだ。

ノーアからは、すでに書簡が届いていた。

ロザリンデが罪を犯したため、ジェイド王子の裁量でネブラスカの修道院へ送ると。

しかし、ハイドリリヒは彼女が罪を犯したとは思っていなかった。

何故なら、レイが言っていたからだ。

『おぬしもそうだが、ルナが転生させたロザリンデは、この世界では何かしらの役割を担っている人物だ。

もしかするとつらく、理不尽な目に遭う場合があるかもしれない。その点については心から謝ろう。だが、その理不尽にも負けずに、おぬしが望むものを手に入れた時には、わしも賭けに勝てるだろう』

何が賭けだ。

そもそもお前らのせいだろう。

もはや数えきれないほど、そう心の中で毒づいていたが、今はそれどころではなかった。

「ジェイド王子……」

怒りの滲む声で、その名を紡ぐ。

ロザリンデを断罪したのはジェイド・ノーア。彼女と婚約していた男。

——ジェイド王子が婚約を破棄して、ロザリンデを国外へ追いやったのならば、もはやあの男のもとには帰さない。私の側に置いて、本当に彼女が罪を犯したのかを見極めたあとは、私のものにする。

遠くから見守るのはやめた。

彼女の幸せを願うだけの時間も終わりだ。

ハイドリヒは激しく打ちつける雨から守るように、ロザリンデを外套に包んだ。

冷たくなった髪にそっと頬を押しつけてから、嵐の海に向かって手を翳す。

「レイ、ついてきているだろう。お前の魔力も貸せ。嵐を鎮める」

「仕方ないな。この嵐が続けば被害も大きかろう。手を貸すぞ、ハイドリヒ」

闇のドラゴンが肩に乗ってきて、ハイドリヒは小さく頷いてから呪文を唱える。

そして、この世で最も大切な女を手に入れたネブラスカ王は、荒れ狂う海神を鎮める大魔法を発動した。

「陛下。そろそろ出発の時間ですよ」

旅行用のトランクを持って呼びに来たロザリンデに、窓の外を眺めて追憶に浸っていたハイドリヒは「すぐに行く」と応えた。

二国会談のため、今日ネブラスカを発つのだ。

――まさか、ロザリンデを連れてノーアへ赴くことになるとはな。

黒い外套を纏ってロザリンデの後を追おうとした時、扉の前にレイが立っていた。

「ハイドリヒ。気をつけて行ってこい」

「レイ。お前もノーアへ行きたがると思っていたが」

「わしはネブラスカで待っておる。今回はシュトーも連れていくのだろう。万が一にも何かあった時に、魔法の扱えるわしが城にいたほうが心強かろう。それに、わしがいるとルナは出てこないかもしれん」

「光のドラゴンは引きこもっているんだったか。賭けの相手とやらは、そのルナなのだろう。いい加減、どうして私とロザリンデをこの世界に呼んだのか教えてもらいたいものだがな」

「おぬしが無事に帰ってきたら話そう。その時には、全てが分かっておるかもしれんがな」

ハイドリヒは闇のドラゴンの達観した物言いに苛立ちを覚えつつ、レイの頭を小突いて廊下に出た。

レイは「ルナによろしく伝えてくれ」と、手を振りながら見送っていた。

◆

海の向こうに光の王国が見えてくる。

船べりに凭れかかると、塩辛い潮風が頬をなぜた。

ロザリンデはポニーテールにした蜂蜜色の髪を靡かせながら、船の食堂でもらってきたパンを齧った。

「七十五点。少しふんわり具合が足りないわね」

「……この揺れの中で、よくパンが食べられますね」

「シュトー。船酔いは大丈夫なの？」

「大丈夫じゃありませんよ……何ですか、この船の揺れは……うっぷ……」

青白い顔をしたシュトーが船の手すりに凭れて吐きそうになっている。

彼はいつものボサボサの髪を短く切って、ピカロが選んだ新品のジャケットとブーツを履いていた。

本当はレイも一緒に来てほしかったが、爽やかに断られてしまったので、魔法の知識が豊富なシュトーに同行をお願いしたのだ。

「かなりつらそうね。気分がよくなる魔法でもかけてあげましょうか」

「たかが船酔いだろう。それに、もうすぐ到着する」

船内から現れたハイドリリヒがロザリンデの腰に腕を回して、シュトーに呆れた視線を送った。

ロザリンデも船酔いにやられているシュトーに苦笑してから、徐々に近づいてくるノーアを眺める。

数年おきにノーアで開催される二国会談。

それに出席するため国を発ったハイドリリヒに、ロザリンデは同行していた。

今宵、ノーアの王城でネブラスカ王を歓迎するパーティーが開かれる。

これまで、ハイドリヒは歓迎パーティーに招待されても、理由をつけて断わっていたらしい。

「非礼にあたるのは重々承知しているが、余計な気を遣いたくない。ノーア王も、私と接するのが苦手なようだからな。だから毎回、誘いを丁重に断っていた」

というのがハイドリヒの主張だが、今回は書簡を送って、予めパーティーに出席する意向を示していた。

そこに、ロザリンデもネブラスカ王のパートナーとして出席する。

パーティーにはジェイド王子はもちろんのこと、カサンドラをはじめとして、ロザリンデを陥れた令嬢たちも出席するはずだ。

そして、ノーア側には心強い味方がいた。

友人のアイリリス・クラーロだ。

ロザリンデはアイリリスに手紙を送っていたが、無実を晴らすと決心したあと、思いきってアイリリスとコンタクトを取った。

まずはノーアへ手紙を飛ばし、二重に転移魔法をかけた返信用の封筒を同封したら、アイリリスが返信をくれたのだ。

【――お手紙ありがとうございます。ずっとロザリンデ様の身を案じておりました。ロザリンデ様が国を追われたあと、私はジェイド王子のもとに身を寄せて生活しております。ロザリンデ様が無実であると、私もジェイド王子に何度も抗議しておりました。しかし、相手にして頂けず……今回の件は、私にもぜひ協力させてくださいませ】

手紙の文面を読んで、ロザリンデは感動した。

アイリリスはロザリンデを信じてくれていたのだ。

パーティーで顔を合わせる約束もしたが、今のロザリンデは国外へ追いやられた身。

パーティーの時間がくるまでは素性を隠し、ハイドリヒの世話係に徹する予定だった。

港が見えてきたので、ロザリンデが外套のフードを被ろうとしたら、ハイドリヒの手がするりと彼女の頬を撫でた。

思わず顔を上げたタイミングで、ハイドリヒにキスをされた。

「お前の無実を明らかにし、ルナと会って話をする。そしてネブラスカへ帰り、結婚式を挙げよう」

「はい、陛下」

ノーアでやるべきことを確認してから、ロザリンデはフードを被った。

港では立派な髭を湛えたノーア王に出迎えられ、馬車でノーアの城に向かった。

滞りなく城に到着し、ハイドリヒのために用意された客室に入って、ようやく肩の力が抜ける。

「疑われることもなく、城に入れてよかったです。すぐに夜会の支度をしなければなりませんね」

「私は自分で支度できる。お前も着替えろ」

「はい。それでは、またのちほど」

トランクを携えて部屋を出ていこうとしたら「どこへ行く」と呼び止められた。

「部屋を用意して頂けたようなので、そちらへ行こうかと」

「わざわざ移動しなくていい。私の部屋を使えばいいだろう。ベッドも広いから、一緒に眠れる」

「ベッドって……まさかとは思いますが、ノーアへ来てまで、その……しませんよね」

控えめに問うたら、ハイドリヒが愚問だなと言いたげに肩を竦めた。

「ここがノーアだろうが関係ない」

明確な答えではないが、ここでもする、と……そう受け取ったロザリンデは閉口する。

初めて抱かれた日から毎晩ベッドに連れこまれているため、嫌だと逆らったところで聞く耳を持ってもらえないことは、身を以(もっ)て学んでいた。

――彼は、たぶん遠慮って言葉を知らないのね。しかも、自分ではよく分からないけど……身体を開発されている的な……そういうことをされていそうで、すごく心配なんだけど。

ハイドリヒと過ごした夜の記憶が蘇りそうになり、首を横に振ったロザリンデはトランクを開けて、皺(しわ)にならないよう魔法で圧縮しておいた夜会用のドレスを取り出した。


ロザリンデは幼い頃からノーアの城に出入りしていたので、城内の構造を把握している。

パーティーが開催されるのは、城の一階にある大ホール。

城の三階には庭園を見下ろせる大きなテラスがあり、日当たりもいいので王子が学友を呼んで茶会を開く時があった。

日暮れと共に、貴族の乗った馬車が次々と到着し始める。

玄関で出迎えるノーア王に、貴族たちは挨拶をして大ホールへと案内されていく。

窓の外を眺めていたロザリンデが、ジェイド王子の姿を見つけて顔を顰めたら、馬車から降りてくる貴族の中に見知った顔があった。

――ロドヴィク先生だわ。ノーアに帰ってきたのね。今夜はダルタン男爵として招待されたのかも。

夜会で会えたら、彼にも話しかけてみよう。

明日はアイリリスを連れて光の神殿へ足を運ぶつもりだから、その前に〝心を操る魔法〟を研究していたロドヴィクの意見を聞いてみたかった。

「ロザリンデ。そろそろ行くぞ」

ハイドリリヒに呼ばれて、ロザリンデは振り返った。

彼は初めてネブラスカの夜会に出席した夜と同じ、軍服を模した正装姿だった。

片耳には琥珀のピアスをつけていて、麝香の香水のせいか、ほんのりと甘く妖しい香りがする。

ロザリンデが着ているのも、あの夜会の時にハイドリリヒが贈ってくれた薔薇色のドレスだった。

今宵のために仕立屋に頼んで、薔薇の花弁のようなスカートに真珠(パール)をちりばめてもらった。歩くたびに光が反射してキラキラと輝く。

豊かなハニーブロンドは丁寧に巻いて、片側で一纏(ひとまと)めにして肩に垂らした。

小さな薔薇の造花がついた髪飾りを挿し、魅惑的な唇には真っ赤な口紅を塗った。

首にはいつもの魔石のペンダントをかけて、ハイドリリヒとお揃いの琥珀のピアスを片耳につけている。

ロザリンデは腰に手を当てながらポーズを取った。

「今夜の私はどうでしょう、陛下。これで、男性の目を釘付けにできるでしょうか」

「ああ、とても美しい。皆の目がお前に釘付けになることだろう。……キスがしたくなってきた」

「キスは我慢してください。口紅がついてしまいます」

「ならば、あとでお前からキスをしてくれ。それで許す」

「分かりました。でも、全てが終わってからですよ。そろそろ行きましょう」

ロザリンデはハイドリヒの腕を取って「さぁ、頑張るわよ」と自分にも喝を入れた。

部屋の外では、シュトーが窮屈そうにクラヴァットを弄りながら待っていた。

側近のシュトーを連れて、ホールへ直接降りることができる階段の上に到着すると、ノーア王がハイドリヒを迎えた。

「お待ちしておりましたよ、ネブラスカ王。今宵は……」

ハイドリヒと腕を組んでいるロザリンデを見るなり、ノーア王は笑顔で固まった。

幼少期にジェイド王子とロザリンデの婚約を決めたのは、ノーア王。よく顔を合わせていた相手だ。

すうっと息を吸ったロザリンデは、艶やかに微笑んだ。

「お久しぶりです、国王陛下。ロザリンデです」

「ロ、ロザリンデ？　お前っ、どうしてここにいる！　国を追放され、行方不明になっていると聞いたが……てっきり、死んだものかと……」

――私は死んだことになっているのね。嵐に巻きこまれたあとは修道院へ行ってもいないし、安否の連絡を送ったのはアイリリスだけだものね。

ロザリンデが納得している横で、ハイドリヒが彼女の腰を抱き寄せた。

「ノーア王、ロザリンデは私のパートナーとして連れてきた。ゆくゆくは私の正妃になる女性だ」

「はっ？　ロザリンデが、ネブラスカ王の妃に……」

「そういうわけです、国王陛下。今宵はハイドリヒ様のパートナーとして夜会に参加させて頂きます。それでは、またのちほど」

ロザリンデは手本のようなお辞儀をすると、ハイドリヒの手を取ってホールに続く階段に向かう。

ノーア王が引き留めようとするが、シュトーがさりげなく足を引っかけたので、盛大に躓いていた。

——さすがね、シュトー。やるじゃない。

心の中で賞賛して、ロザリンデはシャンデリアの輝く大ホールへ足を踏み出した。

ハイドリヒにエスコートされながら階段を降り始めたら、ホールが一瞬しーんと静まり返り、すぐにざわめき出す。

「あれって、もしかして……ロザリンデ様？」

「しかも、ネブラスカ王とご一緒だわ。行方不明になっているのではなかったの？」

あちこちから戸惑いの声が上がっていて、騒がしさが波紋のように広がっていく。

ロザリンデは澄まし顔を貫いて、ハイドリヒに手を引かれながら階段を降りきった。

四方八方から注がれる視線を物ともせず、ホールの中央で唖然としているジェイド王子のもとへ向かう。

ジェイド王子は、さらさらの金髪に鼻筋の通った顔立ちをしていて、穏やかな物腰と爽やかな微笑みで女性の心を射止める美青年だ。

整った容姿と人当たりのいい性格は、まさにメインヒーローに相応しい。

ジェイド王子の隣には淡いブルーのドレスを纏ったアイリリスがいて、大きな茶色(ブラウン)の瞳をキラキラさせながらロザリンデを見ていた。

「ロザリンデ……どうして、貴女がここにいるんだ……行方不明になって、亡くなったのかと……」

父親と全く同じ反応をしたジェイド王子は、ロザリンデが笑いかけると言葉に詰まり、彼女の全身に視線を走らせた。

ロザリンデがパーティーに現れたことだけでなく、彼女が目を見張るほど美しく変貌したことにも、度肝を抜かれているらしい。

「お久しぶりですね、ジェイド王子。私はこの通り生きております。嵐で船が沈みかけ、死にかけたところを、ネブラスカの王でいらっしゃるハイドリヒ様に助けて頂きました。今宵はハイドリヒ様のパートナーとして、この場に参りました」

「ネブラスカ王のパートナー？　貴女が？」

「はい。ハイドリヒ様が私を見初めてくださったのです」

あの船の上で、ロザリンデは本気で死にかけた。

いささか皮肉も交えて、ハイドリヒの腕に寄り添って見せたら、呆然とするジェイド王子よりも先にハイドリヒが口を開く。

「ジェイド王子。今宵の招待、感謝する。そして、貴公のお蔭でロザリンデという素晴らしい女性と出会う機会にも恵まれた。彼女は、いずれ私の正妃になる」

「ロザリンデが、あなたの正妃に……？」

「私はロザリンデほど優しく、勤勉な女性に出会ったことがない。魔法の才にも溢れ、ネブラスカでは身分を問わず怪我や病に苦しむ人々を救っていて、とても慕われている。貴公は、もう少し女性を見る目を養ったほうがいいな」

ハイドリヒが見せびらかすようにロザリンデを抱き寄せて、頬にキスをした。

ロザリンデは笑みを絶やさずに彼を肘で小突く。小声で囁いた。

「……陛下。少しやりすぎです」

「……あの男に、お前が私のものになったと見せびらかしたい」

ハイドリヒは、より一層ぐっと彼女を抱きしめて、唇の端にキスをする。

広間のざわめきが大きくなり、若い令嬢の悲鳴が上がった。

ジェイド王子も頬を赤らめていて、両手で顔を覆ったアイリリスは指の隙間からこっちを見ていた。

ロザリンデはどうにかハイドリヒの抱擁から抜け出すと、場を取り繕うように咳払いする。

「と、とにかく……ハイドリヒ様が私を正妃にと望んでくださっています。ですが、私は貴族の身分を剥奪されて国を追い出された身。ノーアの地に足を踏み入れることも、本来であれば許されていませんが、私は罪を犯していないのです。それを証明するために、今日こうしてあなたに会いに来ました」

「……今更何を言うんだ、ロザリンデ。貴女はアイリリスの命を狙う脅迫状を送り、侯爵令嬢としてあるまじき行為をした。この国では、身分に相応しくないふるまいをした者には厳罰を下すのがしきたりだ。脅迫状の中身も見たが、殺人をほのめかす内容だった。許しがたいことだ」

襟を整える仕草をしたジェイド王子が、ホールに響く声で言った。

しかし、彼が言い終えると同時に、当事者のアイリリスが声を上げた。

「違います！　ロザリンデ様は、そのようなことをしておりません！」

「っ、アイリリス……？」

「私は何度も申し上げたはずです、殿下。ロザリンデ様は、私のお友達なのです」

アイリリスがロザリンデのもとへ駆け寄ってきて、隣に並んだ。

「ロザリンデ様は、私をいじめようとしていたご令嬢たちを諫めてくれました。それがきっかけでお友達になって、図書室の奥でよく話をしていたのです。私をいじめるだなんて、ありえません」

「しかし、いじめの首謀者がロザリンデだという証言があって……」

「ジェイド王子。私は魔法の勉強に励むようになってから、それまで仲良くしていたご令嬢たちと距離を置くようになりました。一度、いじめについて注意したこともありましたので、私を疎ましく思っていた方がいたのかもしれません」

ロザリンデはちらりと招待客たちを見回した。見知った令嬢の顔がちらほらある。

皆一様に顔を青くしていて、その中には以前、食ってかかってきたカサンドラもいた。

「私が寝込んでいる間に、ロザリンデ様が首謀者ということになってしまって、殿下も私の話に聞く耳を持ってくださいませんでした。私がロザリンデ様を庇っているだけだろうと……ですから、私は改めて、客観的に物事を判断してくださる皆さんがいる前で、このお話をしているのです。あの時にもう少ししっかり調べていれば、きっと何か証拠が出てきたはずです」

内気で控えめだったアイリリスがそう主張し、ロザリンデを見上げてきた。

ロザリンデは、なんだかアイリリスは頼もしくなったわねと一驚しながら頷き返す。

「私が無実を訴えなかったことにも、非があるかもしれません。しかし、本当にいじめはしていませんし、アイリリスに脅迫状を送った記憶もありません」

そこで言葉を区切ったロザリンデは、ハイドリヒとも視線を絡めて堂々と主張した。

「私は無実です。あの時に証言したご令嬢を集めて、もう一度、調査をやり直してください。私の無実が証明された暁には、身分の剥奪の取り消しと、私への容疑が晴れたことを公表してください。それと、田舎で隠居生活をしているウィステリア侯爵夫妻も、王都へ呼び戻して頂きたいのです」

ウィステリア侯爵夫妻……ロザリンデの両親は、娘を見放して田舎の領地へ逃げてしまったので、これ以上の関わりを持つ気はないが、不自由なく育ててくれた恩はある。

ロザリンデの要求を受けて、ジェイド王子はたじろいだ様子で後ずさった。

話を聞いていた貴族たちも、当事者のアイリリスがロザリンデの無実を主張していることもあり、調査をしたジェイド王子を懐疑的な目で見ていた。

針の筵のような状況に耐えられなくなったのか、ジェイド王子が髪をぐしゃりと乱した。

「っ……わ、分かった。ロザリンデ、あなたの容疑についてもう一度、調査をやり直す！」

「無実だった時は、私の要求も聞いてくださるのですか？」

「ああ、全て聞こう。無実の女性を、身に覚えのない罪で裁いてしまったことになるんだからな」

ジェイド王子が両手を挙げて、降参のポーズを取った。

その瞬間、ホールが一気に騒がしくなり、アイリリスがロザリンデに抱きついてきた。

「殿下が調査をし直してくださるそうです、ロザリンデ様！　これで無実が明らかになります！」

「ええ、そうね」

ロザリンデはアイリリスをぎゅっと抱きしめ返した。

視界の端では、虚偽の証言をした令嬢たちが慌てふためいているのが見える。

その中には、本当の首謀者と思われるカサンドラがいて、顔を真っ青にしながら立ち竦んでいた。

今回の告発によって、これまでの平穏が破られると予感しているに違いない。

よたよたと階段を降りてきたノーア王が、大声でジェイド王子を呼んだ。

額を押さえながら王のもとへ向かうジェイド王子を見送り、ロザリンデは相好を崩した。

「アイリリス、あなたのお蔭ね」

「とんでもありません。私ずっと、ロザリンデ様の身を案じていて……ううっ、よかったぁ……」

アイリリスのぱっちりとした茶色の瞳から、大粒の雫が溢れ始める。

ロザリンデはハンカチを取り出して涙を拭ってあげた。

「あなたが泣くことなんてないのよ。私はずっと元気でやっていたし、あなたが私を信じてくれたから、ジェイド王子も考えを変えてくださったの。本当に、ありがとう」

「ロザリンデ様！」

ロザリンデは再び抱きついてくるアイリリスを受け止めて、ひたむきに信じてくれた彼女の純真さと、真っ直ぐ（ますぐ）な心根に深く感謝した。

――さすが主人公（ヒロイン）ね。しばらく見ない間に、ジェイド王子に向かって物怖じせずに話せるほど成長していて、彼女の発言で空気が変わった。まさに、鶴の一声って感じだったもの。

「も、申し訳ないが、我々は少し席を外させて頂く。できればネブラスカ王とロザリンデには、あとでゆっくり話を聞かせてもらいたい」

ノーア王がしどろもどろになりながら、ざわめく大ホールを見渡して「皆の者、しばらくパーティーを続けてくれ」と、声を張り上げた。

そして、慌てたような足取りでジェイド王子をホールから連れ出していった。

先ほどの話について、王子から詳しく話を聞くつもりなのだろう。

パーティーが再開されたものの、貴族たちはそれどころではないらしく、先ほどの出来事を興奮気味に話している。

この調子だと質問攻めにされそうなので、早めにホールを後にしたほうがよさそうだ。

その時、ハイドリヒがトントンと肩を叩いてきた。

「ロザリンデ。お前の勇敢な友人を、私にも紹介してくれ」

「あっ、はい……分かりました」

——本来のストーリーでは、アイリリスと顔を合わせたネブラスカ王は心を奪われるんだけど……。

ハイドリヒには、すでに、この世界についてロザリンデが知っていることを伝えてある。

アイリリスを巡って、ジェイド王子とネブラスカ王が争うのが一連の流れだと話した時、ハイドリヒはたった一言「心配はいらない」と応えた。

だから、ロザリンデもハイドリヒを信じて、愛すべき友人を紹介した。

「陛下、彼女がアイリリスです。魔法学校に通っていた頃の友人です。アイリリス、彼はネブラスカ王のハイドリヒ様よ。私を嵐の海から救ってくださって、それ以来ずっとお世話になっている方なの」

「はじめまして、ネブラスカ国王陛下。アイリリス・クラーロと申します」

「ハイドリヒ・ベルンシュタイン・ネブラスカだ」

【光と闇のクレシェンテ】。

その主要人物である主人公(ヒロイン)と闇の王が、挨拶を交わす。

固唾を呑んで見守っていたら、二人は挨拶を終えると、ほぼ同時にこちらを向いた。

「ロザリンデ様。よければ二人でお話をしましょう。ノーアを離れていた間のことを聞かせてください」

「話は明日でもいいだろう。あの様子ではノーア王とジェイド王子もしばらく戻らないはずだ。今日の目的は達したのだから、私はロザリンデと部屋へ戻って休みたい」

「えーっと……」

アイリリスとハイドリヒは、相手に全く興味がないらしい。

それよりも、ロザリンデと過ごしたいとアピールしてくるので、ロザリンデは二人の勢いに圧されつつも友人の手を取った。

「とりあえず、久しぶりにアイリリスと会ったのだし、少し話をしようかしら。陛下は先にお部屋へ下がってください」

「じゃあ、三階のテラスへ行きませんか。そこなら、ゆっくりお話しできると思います。ここには、例のご令嬢たちもいらっしゃいますし、私たちの話も聞き耳を立てられていそうですから」

「そうね、テラスへ行きましょうか」

「ロザリンデ。私も一緒に……」

「陛下はお部屋でお待ちください。話が終わったら、すぐに参りますので」

「…………」

「陛下、部屋に戻って僕とボードゲームでもしますか。部屋にチェスが置いてあったんです」

ロザリンデにあしらわれて不満そうなハイドリヒを、シュトーが宥めている。

彼がアイリリスに心奪われるのではないかという不安は呆気なく払拭され、安堵に胸を撫で下ろしたロザリンデはホールを突っ切った。

そこで、偶然ロドヴィクを見つけたので、ロザリンデはアイリリスを待たせて彼のもとに向かう。

「ロドヴィク先生！　ノーアに戻ってらっしゃったんですね」

「っ……ああ、ウィステリア嬢。久しぶりだね。先ほどの王子とのやり取りはすごかったよ」

穏やかな笑みで迎えてくれたロドヴィクが、ちらりとアイリリスを見やった。

「まさか、君がノーアに来て無実を主張するとは、誰も思いもしなかっただろう。しかも、ネブラスカ王とは恋仲にあって、クラーロ嬢とも仲がいいとは知らなかった。クラーロ嬢に至っては、ここしばらくジェイド王子の庇護下にあって公の場には姿を見せていなかったから、久しぶりに顔を見たよ」

「陛下の件は、ネブラスカでお会いにした時にはお話しできなくて……アイリリスとは、こっそり仲良くしていたのです。前もって連絡を入れていたので、夜会にも出席してくれたんだと思います。彼女のお蔭でジェイド王子も説得できましたし、いい方向に向かいそうです」

「…………」

「ロドヴィク先生？」

「……いや、君は強運の持ち主だと思ってね。生まれも育ちもよく、不遇な目に遭ったかと思えば、今度は周りの助力に恵まれる。僕から見れば羨ましい限りだよ」

「え？」

「君の無実が証明されることを祈っているよ。失礼」

ロドヴィクは作ったような笑みを浮かべて、足早に去っていった。

――よそよそしくて、魔法について聞けるような雰囲気じゃなかった。何かあったの？

ロザリンデは怪訝に思いつつも、アイリリスに急かされて大ホールを出た。

玄関ホールから階段を上り、三階に到着したところで、階下からアイリリスを呼び止める声があった。

「お待ちくださいませ、アイリリス様。ジェイド王子が呼んでいらっしゃるのです。一階まで降りてきてくださる？」

「殿下が？　……ロザリンデ様。少し行って参ります。先にテラスへ行っていてください」

「分かったわ。もしも、さっきの件でジェイド王子に責められたら、私をすぐに呼んで」

ロザリンデが冗談交じりに言うと、アイリリスは「分かりました」と笑って階段を降りていく。

階段の踊り場でアイリリスを待っているのは、いじめの一件に関わっていた令嬢だった。

――ジェイド王子は早速、いじめの件で令嬢たちに話を聞き直しているのかも。行動が早いわ。

ロザリンデにとっては、ありがたいことだ。

人けのない三階のテラスに着いて、ロザリンデは手すりに歩み寄る。

テラスの隅には夜でも足元が見えるようにとオイルランプが置かれていて、薄明るい。

――私の無実が証明されたら、ネブラスカに戻って陛下の妃になれる。アイリリスの協力のお蔭でもあるけど……これはもう、私の知らないストーリー。陛下とアイリリスの間では何も起こらなかったし、クレシェンテの物語は変わってきているのね。

いつから変わり始めたのだろうと、ロザリンデは魔石のペンダントを触りながら考えた。

ロザリンデはアイリリスをいじめた悪役令嬢として、断罪された。

しかし、それより前からアイリリスと友人関係にあった。

ならば前世を思い出して、魔法の勉強に没頭するようになった頃から、ストーリーは変わり始めていたのか？

――ううん、更に前だと思う。私がネブラスカ王から魔石のペンダントをもらうなんて、そんなエピソードはなかったはずだから。

ハイドリヒの魔力が籠もった、金色の魔石。

前世の記憶とごっちゃになっていて、当時のことはよく覚えていないが、幼い頃に彼がくれたもの。

――そもそも、私がロザリンデとして転生した時から、私の知るクレシェンテの物語からは逸脱し始めていたのかもしれない。

アイリリスを待つ間、魔石を指で弄びながら思考の海に漂っていたら、背後に気配を感じた。

女性のヒールがテラスの床を叩くコツコツという音が近づいてくる。

「早いわね、アイリリス。ジェイド王子の話は終わったの？」

てっきりアイリリスだと思って、ロザリンデは振り向いた。

しかし、真後ろにいたのはアイリリスではなく、かつて口論になったカサンドラだった。

「あら、あなただったのね……カサンドラ」

「…………」

「私に何か用かしら。いじめの件だったら、ジェイド王子を交えて話を――」

ロザリンデが棘のある口調で言いかけた時、カサンドラの手が伸びてきて肩をトンっと押した。

胸の高さほどの手すりに背中が当たり、女性のものとは思えない強い力で押しやられて、足が浮きそうになる。

「えっ、ちょっと！　一体、何をっ……！」

カサンドラの瞳を見てロザリンデはハッと息を止めた。

彼女の目には光がなく、そこに空っぽの穴が空いているように虚ろだった。

ロザリンデは掴みかかってくるカサンドラの向こう、テラスの入り口で、影のように佇むロドヴィクの姿に気づく。

ロドヴィクはカサンドラに手を翳しながら、何かを唱えていた――まさか、あれは呪文？

令嬢の細腕から生み出されるとは想像できない力で、ぐいぐいと肩を押されて、爪先が床を離れる。

――これは、まずいかも……！

危機感を抱いた瞬間、身体が手すりを乗り越えて浮遊感を覚えた。

カサンドラに縋ろうとした両手の指が虚しく宙をかき、投げ出された衝撃で、蜂蜜色の髪と首にかけていた魔石のペンダントが目の端を過ぎる。

その直後、反転した視界いっぱいに広がったのは、頭上にあったはずの満天の星空。

――ああっ、地面に落ちる――っ！


「陛下ぁっ！」


ロザリンデは魔石のペンダントを握りしめて闇の王を叫び、迫りくる衝撃に備えて身を硬くする。

それから数秒のうちに、様々なことが起きた。

助けを請うて悲鳴を上げた一秒後、ロザリンデの真下に転移魔法を使ったハイドリヒが現れる。

闇の王は、落下の衝撃を軽減するように風の魔法を用いてロザリンデを受け止めた。

その直後、カサンドラも手すりから身を投げたので、ハイドリヒが手を翳して短く呪文を唱える。

カサンドラが地面に叩きつけられる直前で、上昇気流の風が起こってクッションとなった。

糸の切れた操り人形のように、だらんと四肢を投げ出したカサンドラは、そのままゆっくりと地面に降ろされる。

「た、助かった、の……？」

三階から落ちて、地面に叩きつけられて死ぬ――その恐怖を味わったロザリンデが身震いすると、ぎりりと唇を噛んだハイドリヒが怒鳴った。

「何をしているんだ！　私が間に合わなければ死んでいたぞ！」

「っ……も、申し訳ありませんっ……」

「お前のせいで、また私の寿命が縮んだ」

そう吐き捨てるハイドリヒの手は震えていて、息ができなくなるほど強く抱きしめられた。

「どうして、テラスから落ちた。自分で飛んだわけじゃないだろう。この娘まで一緒に落ちてきた」

「……故意に落ちたわけでは、ないのです……私も何が起きたのか、よく分からなくて……助けてくださって、ありがとうございます」

ロザリンデはハイドリヒの首にしがみついた。

彼の温もりを感じていると安堵がこみ上げ、死への恐怖で麻痺(まひ)していた思考が少しずつ動き始める。

地面に横たわっているカサンドラを見下ろしたロザリンデは、テラスを仰ぐ。

――さっきテラスにいたのは、ロドヴィク先生だった。何か呪文を唱えていた気がするけど……カサンドラの様子もおかしかった。私の声が聞こえていないみたいだったし、目も虚ろだったわ。それに、あんな力は出せないはず……それこそ、無意識に身体を操られている場合を除けば……。

「陛下、ロドヴィク先生を探しましょう。なんだか、嫌な予感します」

ハイドリヒの腕から飛び降りたロザリンデだが、へなへなと座りこんだ。

高所から落ちたショックで腰が抜けてしまっている。

「た、立てないわ……陛下、抱いてください」

「お前を抱けと？　ここでか？」

「変な意味ではありません！　腰が抜けて歩けないので手を貸してください。あとで事情は説明します」

ロザリンデはカサンドラの容態を診て、気を失っているだけだと診断した。

そこからハイドリヒに抱えてもらい、ホールへ急ぐ。

道すがら、テラスでカサンドラに襲われたことと、ロドヴィクを見かけた旨を説明していたら、ホールのほうから窓ガラスの割れる音と悲鳴が聞こえた。

「何事だ。やけに騒がしいぞ」

「急ぎましょう、陛下」

庭園から回りこんで城に飛びこみ、ホールに駆けつけたら、そこは騒然とした空気に包まれていた。

ホールの奥にある大きな窓ガラスが割れていて、破片で怪我をしたノーア王が手当てを受けている。

廊下は兵士たちが慌ただしく行き交い、令嬢や紳士たちは怯えたように壁際に集まっていた。

呆然としているメイドに何があったのかを尋ねると、メイドは震えながら説明した。

「突然、ジェイド王子がホールに飛びこんできて、逃げ惑うアイリリス様を捕まえたのです。王子は様子がおかしくて、国王陛下が止めようとしたのですが、剣を持っていたので近づけず……王子はアイリリス様を捕らえると、あの窓ガラスから飛び出していきました。もう、何が何だか……」

ロザリンデは状況が把握できず、言葉を失った。

――ジェイド王子がアイリリスを攫った？　そんなストーリーは知らないわ。メインヒーローがヒロインを攫うなんてあり得ないし、私まで殺されかかったのよ。そこに、ロドヴィク先生が関係していて……ああもうっ、何が起きているの⁉

混乱して頭を抱えそうになったら、ホールを見渡したハイドリヒが落ち着いた口調で言った。

「理由は分からないが、アイリリスが攫われたんだな。ジェイド王子を追うか」

「追えるのですか？」

「追える。誰かが魔法を使ったらしい。わずかに魔力の残滓がある」

ハイドリヒは魔力探知にも長けているらしく、目つきを鋭くした。

そこへ、ホールの騒ぎを聞きつけたのか、シュトーが呑気(のんき)な顔で現れた。

「チェス中に陛下は突然消えるし、やたらと騒々しいし、一体何が……って、どういう状況ですか？」

「ちょうどいいところに来たな、シュトー。お前も共に来い。ロザリンデは……」

「私も一緒に行きます。戦闘能力では役に立ちませんが、治療はできます。窓を破って飛び出していったのなら、アイリリスが怪我をしているかもしれませんし、その場ですぐに対処できますから」

ロザリンデが床に下ろしてもらって、もう動けるとアピールしながら言い張ると、ハイドリヒは盛大に顔を顰めた。

「正直、連れていきたくないが……いざという時に、お前がいると心強いのは確かだ」

「僕にはいまいち状況が飲みこめませんが、とにかく緊急事態ですね。すぐ支度をしてきます」

「私も、支度をしてきます！」

ロザリンデは部屋に戻り、動きやすい旅行用のドレスとブーツに着替えた。

いざという時のために持参した治癒魔法の魔法陣の束を、診療で使う鞄に詰めこんで肩にかける。

五分もかからずに準備を整えたら、扉の前にハイドリヒが立っていた。

「陛下、すぐに追いましょう」

「ロザリンデ」

不意に腕が伸びてきて、ハイドリヒに抱きすくめられた。耳元で絞り出すように囁かれる。

「悪い予感がする。やはり、お前を連れていきたくない。だが、城で待っていろと言っても、お前は聞かないのだろう」

「アイリリスは友人ですから、放ってはおけません。有事の際は、私がお役に立つのもご存じでしょう。それに今、私の知らないことが起きています。最後まで見届けなくてはいけません」

「そう言うと思ったよ」

ハイドリヒが憂鬱そうにため息をついて身を離す。

足早に部屋を出て、大きな鞄を肩にかけながら廊下を走ってきたシュトーと合流し、城の外へ出た。

ノーア王の命令なのか、兵士たちがジェイド王子を追う支度を始めていた。

それを尻目に、夜空を仰いだハイドリヒが黒い狼に変化する。

《私の背に乗れ、ロザリンデ。この姿ならば魔力を嗅ぎ分けられる。ジェイド王子を追えるだろう》

「乗ってもよろしいのですか？」

《構わない。さぁ、早く》

「陛下のその姿は久しぶりに見ました。昔はよく、制御ができなくて勝手に狼になっていましたよね」

《お前は乗せないぞ、シュトー。自力でついてこい》

ハイドリヒは緊張感のないシュトーに冷たく告げると、ロザリンデを背に乗せて駆け出した。

シュトーが慌てたように魔法陣の紙を取り出し、飛翔の魔法で追いかけてくる。

──【光と闇のクレシェンテ】。結末はどこへ向かっているのかしら。

ロザリンデは強靭な足で地を蹴る狼にしがみつき、そっと目を閉じた。

第六章　光のドラゴンと守られたもの

魔力の残滓を追っていくと、王都の端にある光の神殿に到着した。

しかし神殿の敷地に足を踏み入れた途端、ハイドリヒが狼から人型に戻ってしまい、後ろに振り落とされたロザリンデは尻餅を突く。

「っ、勝手に姿が……すまない、ロザリンデ。大丈夫か」

「ええ、大丈夫です」

ロザリンデはハイドリヒの手を借りて立ち上がり、神殿を見上げて眉を寄せた。

「この神殿の周りには結界が張られているわ。陛下が人型に戻ったということは、魔法解除の結界ね」

「おそらく、そうですね。この中では結界を張った術者以外は魔法が使えないので、不用意に神殿には入らないほうがいいです」

「だけど、アイリリスはここにいるのよ。ジェイド王子はカサンドラと同じように、ロドヴィク先生に操られていた可能性が高いわ。彼の目的が何なのかは分からないけど、早めに手を打たないと大変なことになるかもしれない」

「魔法が使えないとなると、厄介だな。結界は解除できるのか」

顰(しか)め面(つら)をするハイドリヒに、シュトーが首肯する。

「少し手間がかかりますが、可能ですよ。神殿の周りに魔法陣が敷かれているはずです。まずはそれを探し出し、魔法陣を書き換えて解除の魔法をかけます」

「どれくらいかかる？」

「最速で十五分。場合によっては、もう少し早く解除できるかもしれません」

「よし、頼んだぞ。ロザリンデはシュトーを手伝え」

「陛下、私も神殿の中へ……」

「魔法が使えないのなら、お前が行ったところでどうしようもないだろう」

ハイドリヒが敷地の外に出て「転移（マヴェル）」と唱えると、その手に彼の愛用している大剣が現れた。

「私がアイリリスを助けにいく。だから、ロザリンデ。お前は結界が解除できるまで中に入るな」

「……分かりました。どうか、お気をつけて」

魔法が使えないのなら役立たずという自覚はあるので、ロザリンデもそれ以上は言い募らず、シュトーを手伝うために駆け出した。

◆

ノーア王国、光のドラゴンを祀る神殿。

国民が祈りを捧げに来る祭壇の間に、今宵は人けがなかった。

神官たちは深い眠りについて、朝まで目覚めない魔法をかけられている。

白い柱が並ぶ神殿の奥へ進んでいくと、天井が高くて奥行きのある部屋に行き着く。

両側には太い柱が等間隔で立ち並んでいて、最奥に巨大な純白の扉があった。

内側から固く閉ざされた扉の奥には、生命(いのち)の気配を感じる。

クレシェンテの伝承に登場する光のドラゴンが、長い眠りについているのだ。

ロドヴィク・ダルタンは、白い扉を見上げながら嘆息した。

「ああ、やっと準備が整った」

彼の足元には巨大な魔法陣が描かれている。ドラゴンを操る魔法を発動させるためのものだ。

念のため、光の神殿の周辺には魔法を封じる魔法陣も設置しておいたので、この神殿の中では、術者であるロドヴィク以外は魔法を使用することはできない。

ロドヴィクは扉に触れて目を閉じた。

この扉は長いこと封じられていたが、時の流れと共に魔法は風化し、封印は解けていた。

それなのに光のドラゴンは自ら閉じこもっていて、誰の呼びかけにも応えない。

しかし、伝承にある聖なる乙女の末裔が祈りを捧げれば、眠っている光のドラゴンにも届くはずだ。

この扉さえ開けることができれば、あとは聖なる乙女の血で強化した魔法を発動し、古代種のドラゴンを手中に収めることができる。


かつて、ロドヴィクの先祖がそうしたように——

ダルタン一族。大魔法使いの一族として名を馳せた血筋で、ロドヴィクはその末裔だった。

かつて歴代最強と言われた先祖が光のドラゴンを操り、クレシェンテで権力を握ろうとした。

だが、それは失敗に終わった。

光のドラゴンは闇のドラゴンに敗れ、先祖も魔法の反動によって命を落としたのだ。

そこから、ダルタン一族は零落した。

仲間の魔法使いたちからは見放されて、時の流れと共に、ドラゴンを操ったという偉業も誤った伝承によってかき消された。

一族はノーア王国の片隅で細々と生活し、幸運にも男爵の爵位を手に入れて、それなりの生活ができるようになったのは、今から百年ほど前だ。

しかし、男爵は貴族の中でも末端に位置する。

ロドヴィクには魔法の才があったが、王立魔法学校に通っている大半が貴族の者たちで、階級制度をそのまま移したような上下関係が存在していた。

男爵家の生まれのロドヴィクは見下されることも多く、たびたび屈辱を味わっていた。

それでもロドヴィクは努力して首席をとり、魔法使いとして国家資格も取ったが、待遇のいい王室付きの魔法使いになれるのはほんの一握りだけで、彼はそこに入れなかった。

そんな時、ロドヴィクは偶然にも屋敷の書斎で、ある書物を見つけた。

ダルタン家の先祖がドラゴンを操るために用いたという、心を操る魔法――その呪文と魔法陣について書かれた文献だった。

相手を意のままに操るという行為は、人格を否定することにも等しく、倫理的に問題があるとされた。

ゆえに、過去の魔法使いたちが禁じた魔法だった。

当時はそれを記した魔法書が全て焼き払われたらしい。

ロドヴィクはその魔法を使いこなせば、これまで見下してきた者たちを見返すことができると考えた。

権力者に使って傀儡（かいらい）にすることも考えたが、それでは意味がない。

まず、注目を浴びて称（たた）えられるのは、ロドヴィク・ダルタンでなければならなかったのだ。

光のドラゴンを自在に操れたのならば、彼は畏怖の対象となり、それを利用して絶大な権力も手に入れることができるに違いない。

だから、光のドラゴンを我が物に――。

そう決心して、ロドヴィクは教師をする傍ら、心を操る魔法の研究を進めていった。

聖なる乙女の血筋がクラーロ家と深い関係があると突き止めて、アイリリスが乙女の末裔であると目星をつけた頃、大学で出会ったのがロザリンデだ。

ロザリンデは王子の婚約者だったが、本人は図書室に籠もって勉強ばかりしていた。

『ウィステリア嬢。君はどうして、そんなに勉強するんだい？　夜会や舞踏会にも、ほとんど出席していないと聞いたよ』

講義の内容で質問に来たロザリンデと話をした時、ロドヴィクはそう尋ねたことがある。

多くの学生たちは貴族の身分に胡坐（あぐら）をかいていて、勉強は片手間にこなす。

王立魔法学校を出たという事実が欲しいだけなのだ。

ロザリンデも王子の婚約者として未来を確約されていたから、勉強する意味があるように思えなかった。

『ロドヴィク先生。学校は学ぶための場所でしょう。魔法の知識を身につけておけば、将来、役に立つかもしれません。夜会に出席するのは、いつでもできます。けれど、勉強できるのは今だけなんです』

ロザリンデは、そう答えて笑った。

周囲から変わり者と言われても気にせず、勉学の機会を無駄にするまいと励むロザリンデに、ロドヴィクは好意と共感を抱いた。

学生時代、懸命に勉強していた自分の姿と、ロザリンデの姿が重なったのだと思う。

それからは、ロザリンデと議論を交わす仲になった。

難しい論文の話をしても、聡明な彼女は的確な受け答えをした。

身分差を気にせず、遠慮なく意見を交換できる相手と出会い、ロドヴィクは自分にも理解者ができたようで嬉しかった。

だから、ロザリンデが貴族の身分を剥奪され、国を追われたと聞いた時は心から同情したのだ。

ロドヴィクには、彼女が令嬢いじめをするような人間ではないと分かっていたが、王子の裁断であれば致し方なかった。

そののち、ロドヴィクは光のドラゴンを操る準備をするために、彼女がいなくなった大学を辞めた。

そして、闇の神殿をこの目で見ておこうと、ネブラスカへ足を運んだ際にロザリンデと再会した。

侯爵令嬢だったロザリンデが働いているという話を聞き、ロドヴィクは痛ましく思い、前向きに生きる彼女を心の中で賞賛した。

その姿に励まされて、自分も必ず計画を実行してやると意気込んだほどだ。

ほどなくロドヴィクはノーアへ戻り、聖なる乙女の末裔、アイリリスと接触できる機会を探した。

しかし、彼女はジェイド王子の庇護下に入っていて公の場に姿を現さなかった。

ロザリンデがネブラスカ王の恋人として戻ってきたのは、その矢先のことだった。

アイリリスもロザリンデと友人だったようで、久しぶりに夜会の場に現れた。

ネブラスカ王とアイリリスを味方につけて、王子と対峙するロザリンデにロドヴィクは驚愕し、同時に失望した。

――なんだ、君もそっち側の人間だったのか。

着飾ったロザリンデは侯爵令嬢としての品があり、異国の王の寵愛を受けるほど美しい。

そしてネブラスカ王という強力な後ろ盾を得て、友人の助けも借り、逆境から這い上がってきた。

――僕とは違う。彼女は身分や容姿に恵まれていて、人脈もある。だが、僕には困った時に手を差し伸べてくれる友人すらいない……彼女と僕では、これほどに差がある。結局、僕が一方的に共感を抱いていただけなんだ。

彼には到底成し得ないことだったから、ロドヴィクは妬ましく、裏切られたような気になった。

結局のところ、理解者だと思っていた彼女と自分の間には、様々な点において雲泥の差があると気づかされたというわけだ。

勝手にロザリンデに共感し、勝手に失望した結果――ロドヴィクは彼女を実験に利用した。

以前、ロドヴィクは図書室でロザリンデとカサンドラが言い争っているのを見かけたことがある。

そのカサンドラに目をつけて、試しに心を操る魔法をかけたのだ。

人間にその魔法をかけるのは初めてだったが、ロザリンデをテラスから突き落とすことに成功し、証拠隠滅のためにカサンドラにも身投げをさせた。

――これほどに簡単なものだったのか。もっと早く使用すればよかったな。

心のどこかに、他者を意のままに操ることへの抵抗があった。

しかしロザリンデを突き落とし、越えてはならない一線を越えた瞬間、きっとロドヴィクの中で人として大事なものが壊れてしまったのだろう。

ロドヴィクはその足でジェイド王子のもとへ向かい、彼にも魔法をかけた。

ジェイド王子が庇護していた女を、王子自らの手で攫わせたのだ。


「僕は先人と同じ轍(てつ)を踏んだりしない」

かつて光のドラゴンを止めるために戦った闇のドラゴンは、ネブラスカの守護神として闇の神殿で眠っている。光のドラゴンを目覚めさせるのには好都合だった。

ロドヴィクは床に描いた魔法陣を確認してから、部屋に入ってきたジェイド王子を振り返った。

城の窓を突き破り、王都の端にある光の神殿まで走ってきたジェイド王子は虚ろな目をしていて、腰に剣を提げていた。

あちこち擦り傷があり、その腕には気を失ったアイリリスを抱いている。

「ジェイド王子、アイリリスを扉の前に置いてくれ」

忠実な下僕と化したジェイド王子が、命令に従ってアイリリスを扉の前に寝かせた。

ロドヴィクは懐からナイフを取り出す。

先祖が残した文献によると、魔力を宿した聖なる乙女の血があれば、対象がドラゴンであっても魔法をかけられるという。

長い眠りから目覚めた直後ならば隙があるはずだし、さっさと魔法をかけてしまえば操れるだろう。

アイリリスの手を取ってナイフの切っ先で傷つけようとした時、ロドヴィクはぴたりと動きを止めた。

祭壇の間のほうから足音が聞こえて、天井の高い部屋に玲瓏（れいろう）な声が響き渡る。


「ロドヴィク・ダルタン。アイリリスを返してもらおうか」


この世の闇を全て纏うような漆黒の外套に身を包み、腰に大剣を提げた男の姿を視認して、ロドヴィクは口角を歪めた。

「まさか貴方が僕を追ってくるとは思わなかった。――恋人を突き落とした僕を、今度は貴方が殺しに来たんですか。ネブラスカ王」

「ロザリンデのことか？　彼女は生きている。私が助けた」

「なんだ、生きているのか……」

それは想定外だなと、ロドヴィクは顔を顰めて呟く。

カサンドラを身投げさせたことで満足し、どうなったのかを確認せずに来てしまったのが誤算だった。

ここでネブラスカ王が追ってくるというのも、予想外の事態だ。

彼も魔法で操れたらよかったが、人間の心を操るための魔法陣のストックはもうない。

床に描いた巨大な魔法陣はドラゴンのためのものだから、それを使うわけにもいくまい。

ロドヴィクは部屋の端で佇んでいるジェイド王子を呼んだ。

「ジェイド王子！　僕の用が済むまで、国王陛下の相手をして差し上げろ」

「かしこまりました」

淡々と応えたジェイド王子が腰に提げた剣をすらりと抜いて、ハイドリヒに対峙した。

◆

ハイドリヒは、居丈高な口調でジェイド王子に命じるロドヴィクを睨みつけると、剣を突きつけてくるジェイド王子に向き直った。ふんと嘲笑する。

「情けない体たらくだな、ジェイド王子」

ジェイド王子の目には光がなかった。ロドヴィクに心を掌握されていて完全な傀儡と化している。

ハイドリヒも大剣を抜いて鞘を投げ捨てると、鋭利な切っ先をジェイド王子に向けた。

——まさか、こんな状況でジェイド王子と剣を合わせることになるとは思わなかったがな。

ジェイド王子は嫌いだが、彼は自我を失っていて、皮肉をぶつけても顔色一つ変わらない。

瞳が虚ろで人形みたいに無表情だから、ひどく気味が悪かった。

それでいて肌に突き刺さるような殺気を飛ばしてくるから、うなじのあたりがピリピリとする。

ハイドリヒは剣の柄をぎゅっと握ると、強い口調で宣言した。

「ジェイド王子。お前をさっさと倒し、そこの魔法使いも叩きのめして、アイリリスを連れて私はロザリンデのもとに戻る」

【光と闇のクレシェンテ】——その物語における最終局面では、アイリリスを我が物にしようと攫った闇の王と、救いに来た光の王子が対峙することになる。

この世界線において、奇しくも攫う立場と救う立場が反転した二人は、しばし睨み合ってから剣を振り上げた。

◆

シュトーと共に周辺の探索を始めてほどなく、神殿を囲むように設置された四つの魔法陣を発見した。

ロザリンデは手分けして、地面に描かれた魔法陣の解除に取りかかった。

魔法が発動中の魔法陣は、下手に手を出すと反動を食らって大怪我をする場合がある。

複雑な文様に、慎重に解除魔法の呪文を書き加えることで、ようやく魔法が解けるのだ。

二人で手分けしたお蔭か、魔法封じの結界は十分弱で解除された。

ぬかるんだ地面に張りついて作業したため、ロザリンデは顔や両手も泥だらけのまま、神殿へ駆けこむシュトーの後を追った。

祭壇の間を通り過ぎて廊下を突き進んでいくと、奥の部屋から剣戟の音が聞こえてくる。

部屋へ飛びこんだら、ハイドリヒがジェイド王子と激しい斬り合いをしていた。

鉛色の剣がキィンッ、キィンッ！　と金属音をたててぶつかり合い、二人とも切り傷だらけだった。

ハイドリヒはこちらに気づくと、剣でジェイド王子を押し戻しながら叫んだ。

「私は手が離せない！　アイリリスを保護しろ！」

ドラゴンが眠る白い扉の前には、意識を取り戻したアイリリスとロドヴィクがいた。

斬り合いの最中にハイドリヒが一撃を食らわせたらしく、ロドヴィクは腹部に血を滲ませていて、床に膝を突いている。

アイリリスはロドヴィクから奪ったと思しきナイフを握りしめて、彼に向けていた。

その手からは赤い液体が滴っている。魔力を増大させる聖なる乙女の血だ。

ロザリンデは頭で考える前に駆け出した。

「シュトー！　ロドヴィク先生を取り押さえてちょうだい！　私はその隙にアイリリスを連れ出すから！」

「僕は頭脳派なんですよ！　こういう時こそ肉体派のピカロの出番でしょうに！　くそっ、確か捕縛の魔法陣があったはず……！」

シュトーが走りながら、鞄の中へ手を突っこんで魔法陣を取り出す。

その間も、ジェイド王子は魔法を使う暇を与えぬとばかりに、ハイドリヒに向かって神速の斬撃を繰り出していた。

ハイドリヒは斬撃を全て受け止めると、強烈な蹴りをジェイド王子の腹部に叩きこんだ。

しかし、ジェイド王子には効いていない。

心を操られている者は力のリミッターが外れていて、痛みすら感じないようだ。

「魔法封じの結界を破られたか……ジェイド王子！」

青白い顔で舌打ちをしたロドヴィクは、血が溢れる腹部を押さえながら声を張り上げた。

その呼び声を合図に、ジェイド王子が剣で押し合っていたハイドリヒを凄まじい腕力で後方の壁までふっ飛ばし、真横を通り過ぎたシュトーを剣の柄で殴りつける。

そこまで、たった数秒の出来事だった。

もろに打撃を食らったシュトーが昏倒し、壁に叩きつけられたハイドリヒが悪態をつく。

ロザリンデはジェイド王子の蛮行に唇を噛みしめると、アイリリスの名を呼んだ。

「こっちへ来なさい、アイリリス！　ここから逃げるのよ！」

「ロザリンデ様っ、助けに来てくださったのですか……！」

だが、あと少しでアイリリスに手が届くというところで、ロザリンデは殺気を感じた。

戦う技術はなく、もちろん実戦経験もない。

そんな彼女でも感じ取れるほどの強い圧が背後に現れ、勢いよく振り返ったロザリンデの真後ろには、剣を振りかぶったジェイド王子がいた。

「あっ――」

ほんの短い声しか上げられなかった。それだけの時間しかなかった。

命を刈り取る鈍色の凶刃が頭上に落ちてきて、刹那、ロザリンデの脳裏に前世で死んだ瞬間が過ぎった。

頭上に降り注ぐ鉛色の鉄骨の雨――それは死をもたらす、最期（さいご）の雨。

――ああ、また死んでしまうわ。

死を悟った瞬間の思考は、驚くほどに冷静だった。
心神喪失状態にあるジェイド王子の空虚な眼差しと、スローモーションのように落ちてくる剣先がやけにクリアに見えて、私はここで事切れるのだと覚悟した時だった。

「ロザリンデッ！」

ハイドリヒの鋭い声が響き渡り、どすんっと軽い衝撃が走って、大きくて温かいものに包まれた。
その直後に剣が降り下ろされ、ザシュッと肉を裂いた音が響く。
思わず瞼を閉じたロザリンデはいつまでも痛みが訪れないことに気づき、おそるおそる目を開けた。

「――――え？」

ジェイド王子の剣が降り下ろされたのはロザリンデの身体ではなく、彼女を腕の中へと包みこんだハイドリヒの背中だった。
もう一度、ジェイド王子が剣を振り上げてハイドリヒの肩を貫いた。
彼の身体を貫通した剣先が目の前に現れて、真っ赤な血がぽたぽたと滴り落ちていく。

「陛、下……？」

「っ、ぐ、う……」

ハイドリヒは苦痛の呻き声を上げたが、ジェイド王子から隠すようにロザリンデを抱きこんだ。

悲鳴を上げたアイリリスが走ってきて、放心状態に陥るロザリンデとハイドリヒの盾になるように、ジェイド王子との間に割りこんだ。

「もうおやめくださいっ！」

アイリリスが両手を横に開いて、泣きながらジェイド王子を制止した。

「お願いですからっ、もう誰も傷つけないで……！　ジェイド殿下っ！」

「っ……」

再び剣を振りかぶったジェイド王子の動きが鈍った。

剣を握る手がぶるぶると震えている。

「ジェイド王子！　全員、片づけるんだ！」

ロドヴィクが命令するが、ジェイド王子は剣を握ったまま動かない。

心を操られているはずなのに、まるでアイリリスを傷つけまいとしているようだった。

ロザリンデがやけに大きく見えるアイリリスの背中を呆けたように眺めていたら、耳元で声がした。

それは、耳を澄ませなければ聞き逃してしまいそうなほどの声量で。

「……よかった……今度は、間に合った……」

尋常ではない痛みがあるはずなのに、ハイドリヒは愛おしげにロザリンデに頬ずりをする。

ロザリンデはひゅっと呼吸を止めた。

次の瞬間、目尻から大粒の涙が溢れる。

――今度は、って……いつだって、あなたは……私を守ってくれるじゃない。

愛おしさと切なさで胸が押し潰されそうになり、流星のごとく煌めく涙が溢れ落ちていった。

――こらっ、泣いている場合じゃないのよ！　早く、彼の治療をしないと！

「陛下、離してください……あなたの治療を、させてください……っ」

意識が朦朧としているハイドリヒの身体からは、ぼたぼたと大量の血が出ていた。

すぐに治療しなければいけないのに、彼はロザリンデをがっちりと抱きしめている。

まだ危険だから離すわけにはいかないと、そう言わんばかりに。

ロザリンデは涙をぐいと拭って、ハイドリヒの腕を解こうと身を捩った。

アイリリスが、こちらを一瞥して唇をきゅっと噛んだ。彼女はジェイド王子を見やり、最後にロドヴィクに視線を向けてすうっと息を吸った。

「ダルタン男爵。私が祈れば、光の守護神様が出てくるのだとおっしゃいましたよね」

「ああ、そうだ……君を操って祈らせても、意味がないんだ……君が、心から祈らなければ」

「それでは、私が守護神様に祈りを捧げれば、ジェイド殿下を止めてくれますか？」

「……いいだろう、その条件を呑む。君は聖なる乙女の末裔だ……君の祈りなら、光のドラゴンに届くはずだ……！」

逡巡する素振りを見せたアイリリスは、覚悟を決めたように胸の前で手を組んだ。

「分かりました。光の守護神様をお呼びしましょう」

ロザリンデはアイリリスが――この物語の主人公(ヒロイン)が天に向かって祈りを捧げる姿を見て、ああと声を漏らした。

――物語のフィナーレ……まさか、こんなふうにして、聖なる乙女が祈りを捧げることになるなんて。

「ノーアの神よ、光の守護神様……どうか、私の声を聞いて……そして、私の願いを聞いてください……これ以上、ジェイド殿下に誰も傷つけさせないで……！」

この世界のストーリーの終盤では、光の王子と闇の王の戦いを終わらせるために、聖なる乙女が光のドラゴンに祈りを捧げる。

そうして、乙女の祈りに応えて光のドラゴンが長い眠りから目覚めるのだ。

ギ、ギ、ギ、ギ、ギ

突然、何かが軋むような音がした。

乙女の祈りの声が届いたのか、固く閉ざされていた白い扉が開き始める。

ロドヴィクが「おおお……」と感嘆の声を上げた。

扉の奥には光の射さない深淵(しんえん)が広がっていて、巨大な生物の息遣いが聞こえる。

ロザリンデはぐったりとしているハイドリリヒの身体を支えながら、目を見開いた。

――あれが、ルナ？

ロドヴィクが聖なる乙女の血がついたナイフを素早く拾い上げ、扉に向かって両手を掲げた。

「光のドラゴンよ。光と闇の力を借りて、お前に命じる――私の声に従い――」

足元の巨大な魔法陣が光り出す。

ドラゴンが完全に目覚める前に、魔法が発動しようとしていた。

このままだと光のドラゴンは心を操られてしまう。

「っ、ルナ！　心を操る魔法が発動するわ！」

ロザリンデは思わず声を張り上げて警告した。

すると、ロドヴィクが呪文を唱え終わるよりも一瞬早く、扉の奥から雷のような光線が放たれる。

その光線が彼の目に直撃し、おぞましい悲鳴が響き渡った。

「ぐあああっ……！」

目を焼かれたロドヴィクの手から、ナイフがカランカランと滑り落ちた。

寸前まで発動しかけていた魔法が消えていく。

直後、扉の奥から少女のような甲高い声が聞こえた。

【不快な人間……昔、わたしを操った、愚かな人間と同じ匂いがする】

それはロザリンデが転生する前、真っ白な空間で聞いた声と相違ない。

扉の奥から漂ってくる強大な魔力に圧倒されて、ロザリンデはごくりと唾を呑みこんだ。

——光のドラゴンが、ついに長い眠りから覚めたんだわ。

ドシン　ドシンッ

地を揺るがすような轟音を鳴らしながら、巨大な純白のドラゴンが現れた。

古代種のドラゴンの、あまりの壮麗さにロザリンデは言葉を失くす。

——なんて、美しいドラゴンなの……。

透き通るような雪白の両翼は背中で折り畳まれていて、全身を覆う白金（プラチナ）の鱗はキラキラと光っていた。

瞳の色は、雲一つない快晴の空を思わせるアイスブルー。両手の鋭い鉤ヅメは銀色だった。

光のドラゴンは、ただそこに在るだけで圧倒的な存在感があり、肌がビリビリとするような強大な魔力の気配を漂わせていた。

ルナは激痛に悶絶するロドヴィクを見下ろして、牙の生えた口を開けた。

その獰猛な姿からはかけ離れた、透き通った少女の声がする。

【わたしが慈しんだ、聖なる乙女の血を引く子。あの子の救いを求める祈りが聞こえたわ。お前が、あの子を悲しませたのね】

「ぐうぅっ……光の、ドラゴンは……僕の、ものだ……」

目を焼かれても諦めていないらしく、ロドヴィクが取り落としたナイフを手探りで見つける。

彼がまたしても呪文を唱え始めた。

魔法陣の描かれた床が妖しげに光を放ち出す。

「光と、闇の力を借りて、お前に命じる……私の声に、従い……」

【黙りなさい】

ルナが鋭く一喝し、巨大な右足でドシンッと地を叩く。

その衝撃で神殿の床にピシピシとひびが入り、巨大な魔法陣の一角が崩れた。

【往生際の悪い人間。これ以上、お前の顔は見たくない】

純白のドラゴンが大きく口を開けた。

そこに、強大な魔力が集まり始める。

何が起きるかを察したのか、ロドヴィクが顔を押さえながら制止の声を上げた。

「っ、よせ……やめろ……ッ！」

その瞬間、ドラゴンの口から眩い閃光が放たれた。

あまりの眩しさに、ロザリンデはハイドリヒを庇うように抱きしめて、ぎゅっと目を瞑る。

断末魔のようなロドヴィクの叫びが聞こえて——やがて、静かになった。

閃光が消え、ロザリンデがおそるおそる目を開けると、ロドヴィクの姿は煙のようにかき消えていた。

「彼は、どこに……」

【海の真上に飛ばしたわ】

ルナが冷ややかな声で答えた。

それが、ダルタン一族の血を引く魔法使いの呆気ない最期だった。

「ジェイド殿下！」

アイリリスの声で、純白のドラゴンに気を取られていたロザリンデも我に返った。

傷の痛みで意識を飛ばしてしまったハイドリヒを、急いでうつ伏せにする。

ハイドリヒは顔面蒼白（そうはく）だったが、まだ呼吸はあった。

背中と肩の裂傷。手早く怪我の具合を確認してから、ロザリンデは両手をハイドリヒに翳す。

――大丈夫、これなら癒せるわ。魔法陣がなくてもいける。

「我が魔力よ、駆け巡れ、光と闇の力を借りて、この者を癒せ――治癒（サナーレ）！」

周りに浮かんだ淡い光の球がパァンッ！　と弾けて、ハイドリヒの傷口に吸いこまれた。

ハイドリヒの瞼がゆっくりと持ち上がり、金色の眼が焦点を合わせるように宙をさ迷っていたが、やがてロザリンデの顔で止まった。

「陛下、調子はどうですか？」

「痛みが、引いていく……治癒魔法を、使ったのか……魔法陣なしで、また倒れてしまうぞ」

「あなたの命を助けることが最優先でした。いざという時に大事な人を救うために、私はずっと治癒魔法を学んできたんですよ」

ロザリンデが薔薇色の瞳に涙を浮かべてはにかんだら、ハイドリヒの手が頬に添えられる。

「それに、私が倒れたら、また陛下が部屋まで運んでくださるんでしょう？」

「……ああ、抱いて運んでやる……私以外の、誰にも触れさせないようにして」

その言葉が終わるやいなや、ハイドリヒの腕の中へ引き寄せられた。

きつく抱擁されて、それまでぎりぎりで耐えていた涙が再び溢れ出す。

二人の傍らではアイリリスがジェイド王子を抱き起こして、心配そうに顔を覗きこんでいた。

よろよろと立ち上がったシュトーも、ロザリンデのもとへ近づいてきて、ハイドリヒの無事を確認すると力が抜けたように座りこむ。

満身創痍の一同を見下ろしていた光のドラゴンが、口をぱかりと開けた。

淡い光が部屋の中を満たしていき、その光が薄れていった時には、星色の髪とアイスブルーの瞳を持つ少女が立っていた。

レイと同じように、ルナの額には真っ白な角が生えている。

ロザリンデは彼女と話さなくてはならないと思ったが、魔法の反動で身体が動かなかった。

ハイドリヒに抱擁されたまま意識が薄れ始めて、ロザリンデが「ルナ……」と口を動かすと、少女と視線が合う。そして、にこりと笑いかけられた。

「今はお眠りなさいな。あとで、ゆっくり話をしましょう」

ルナの声が子守唄のように眠気を誘発し、ロザリンデの瞼は落ちていく。

ハイドリヒが心配そうに「ロザリンデ？」と呼びかけてきたが、返事をすることはできなかった。

次にパチリと瞼を開けた時、ロザリンデは不思議な空間にいた。

天井、床、壁、それら全てが白で統一されている。

ロザリンデは、その場所に見覚えがあった。

人生の終わりと、新たな人生の始まりを告げられた場所だ。

天井の高さや奥行きさえも分からない空間を見渡していると、目の前に角の生えた少女が現れた。

光のドラゴン、ルナだ。

「久しぶりですね、ロザリンデ。神殿では挨拶もできなかったから、あなたの夢に入ってみました」

「……ええ、久しぶり。ルナ」

生まれ変わる前に、たった一度だけ会話をしたきりなので、ルナとの邂逅はおよそ二十年ぶりだった。

「夢に入るなんて、ドラゴンは何でもできるのね」

「何でもできるわけじゃありません。現に、わたしは長いこと人間に封印されていましたから」

ルナが銀色の髪を指にくるくると巻きつける。

長命のドラゴンなのに、やけに人間めいた仕草だった。

「私の呼びかけを散々無視したわね。光の神殿にも通ったのよ。あなたは一言だって返事をくれなかった」

「すみません。あなたたちの様子は把握していたのですが、普段はほとんど眠っていたので声までは聞こえませんでした」

「アイリリスの声には応えたのに？」

「聖なる乙女の声は特別です。わたしとレイが慈しんだ子の末裔だから」

「まぁ、そうよね。アイリリスが特別っていうのは納得できるわ」

――何しろ、【光と闇のクレシェンテ】の主人公（ヒロイン）だもの。

端役の私とは扱いが違うわよねと、肩を竦めたロザリンデは、ルナの額をコツンと小突いた。

「あなたに訊きたいことがあるの。ルナ」

「なんでも訊いてください」

「まず、レイとの賭けって、なんなの？」

その問いかけに、ルナはアイスブルーの目を伏せた。

少し間をおいて語り始める。

「わたし、人間に失望したんです。人間はわたしを操ってレイと戦わせ、あの扉の奥に封印して、わたしが慈しんでいた聖なる乙女の命さえも奪いました。だから時の流れと共に封印が解けても、わたしは外に出なかった。だって、外には人間がたくさんいるでしょう。寿命が終わるまで、深い眠りについたまま死んでいこうと思っていたんです」

「………」

「そんな時、レイが扉の向こうから話しかけてきました。わたしを害したような人間ばかりじゃない、彼らは思いやりがあって優しくて、相手を想う力がとても強いのだと。そして、賭けをしようと言われました。もし、わたしが人間の想いに心を動かされることがあったら、扉の外に出て、昔のように自由に空を飛び回りながら生きると」

一息ついたルナが目をぱっちりと開けて、ロザリンデを見つめる。

「光の神殿で、あなたの恋人は、その身を挺してあなたを守りました。わたしは、自分を犠牲にしてまで相手を守ろうとする人間の想いに、ひどく胸を打たれました」

「そう……ルナ。あなたは賭けに負けたの？」

「ええ」

　両手を背後に回したルナが顔をそっと伏せた。

「賭けは、レイの勝ちです。ただ身体が朽ちていくのを待つのはやめて、外に出て生きていきます」

「それがいいと思う。あなたの話を聞かせてくれた時、レイは寂しそうだったもの。会いにいってあげて」

「……レイは、今更わたしを受け入れてくれるでしょうか」

「それは、私じゃなくて、レイに直接聞いて」

　もじもじしているルナに、ロザリンデはため息をつく。

　ルナに会えたら毅然とした態度で接するつもりだったが、レイとの再会を不安がる姿を見ていると、気が抜けてしまう。

「それじゃ、二つ目の質問。私を転生させたのは、あなたなのよね。どうして私だったの？」

「私があなたを選んだ理由は、あなたが恋人と一緒に亡くなったからです」

「恋人と、一緒に？」

「はい。この世界で、あなたたちがどう生きるのかを知りたかった。再び出会って恋をするのか、出会わないまま別の相手を愛するのか、もしくは孤独に生きるのか……それを眠りの底で見守っていたんです。亡くなった恋人たちを呼び寄せるというのは、レイの提案です。私の心を動かすほどの何かを、あなたたちが成してくれるんじゃないかと、レイは期待していたみたいですね」

「ちょっと待って！　私の前世の恋人……陛下は、私と一緒に死んでしまったの？」

彼は、別の事故で死んだと言っていたはずだ。

ロザリンデの訝（いぶか）しげな表情を見て、ルナは口元を押さえる仕草をすると、そっと顔を伏せた。

「なるほど。彼……ハイドリヒは、あなたに話していないのですね」

「どういうこと？」

「ロザリンデ。前世の恋人の記憶を失ってしまったことは、もう自覚していますよね」

「ええ、陛下から聞いたわ。転生の時に、記憶が消されてしまったって」

「転生するためには、代償が必要となるんです。その人にとって大切なものを捧げなくてはなりません」

「大切なもの……」

「あなたに転生の話を持ちかけた時、恋人も一緒がいいと答えました。そうでなければ、共に死ぬと。だから、あなたの恋人の記憶は消えてしまった」

「私にとって、恋人がとても大切な存在だったから？」

ルナが、こくりと頷いた。

――そういうことだったのね……死ぬまでの数年間の記憶が穴だらけなのは、その穴の部分が全て、恋人に関する記憶だから……。

ロザリンデは歯噛みして、かぶりを振った。

「正直に言うと、ルナと会話をした時の詳細も、私ははっきり覚えていないの。人生をやり直してみないかと問われたことと、それに了承したことだけは覚えているんだけど……私にとって、彼はそんなに大切な人だったのね」

「彼にとっても、あなたは大切な人だったと思います」

ふと、ルナが慈愛の籠もった笑みを浮かべた。

「あなたに見せたいものがあります。ほんの一場面ですが、あなたが亡くなる寸前の出来事を」

「そんなことまで可能なの？」

「はい。先ほどの質問の答えが、そこにあります。抵抗があるのならやめておきますが、どうします？」

「見てみたい。私と陛下に関係することなら、知りたいの」

――前世の恋人のこと。たとえ記憶が消されていて思い出せなくても、せめて最期の瞬間に何かがあったのかだけは、知っておかなくちゃいけない。

背伸びをしたルナの指が、ロザリンデの額にトンッと押し当てられた。

「目を閉じてください。わたしも、あなたは知っておいたほうがいいと思います」

ルナの優しい声がどんどん遠くなっていく。

ロザリンデが目を閉じると、瞼の裏に映像が浮かび上がった。

雑踏の音が聞こえる。

建築途中のビルの横で立ち止まった女性を、ロザリンデは真上から俯瞰（ふかん）するように見下ろしていた。

――あの女性は、私ね。

その直後、ビルの上階に積み上げられていた鉄骨が何かの拍子に崩れて、落下していく。

女性は驚いたように天を仰いでいて、前を歩いていた長身の男性が彼女の名を鋭く叫んだ。

そして、男性は必死に腕を伸ばしながら、彼女に降り注ぐ鉄骨の下へ飛びこむ。

まるで彼女を守るように抱きしめて、鉄骨の雨が二人を――そこで映像は消えた。

ルナが言っていた通り、ほんの数秒の出来事だった。

だが、それだけで十分だった。

ゆっくりと目を開けたロザリンデは、震える手で口を覆った。

前世の人生において最期の瞬間、ロザリンデは独りではなかった。

側にいた大切な人が、彼女を守ろうとしてくれていた。


『……よかった……今度は、間に合った……！』


ジェイド王子の凶刃からロザリンデを庇った、ハイドリヒの言葉が蘇ってくる。

今度は、間に合ったと。

あの言葉は、そういう意味だったのかと知って、ロザリンデの目尻から涙が溢れた。

「……あなたは、前世でも……私を、守ろうとしてくれたのね……」

その上、今生はロザリンデが危険な目に遭った時は必ず助けてくれて、ずっと守ってくれている。

前世から続く献身的な愛を知って、ぽろぽろと流れ落ちる涙の雫を拭っていたら、ルナが寄り添って背中を撫でてくれた。

「あなたの恋人は、とても強くて優しい方ですね」

その言葉に、ロザリンデは「そうね」とか細い声で応える。

彼に会わなくちゃと思った。

あなたが大好きですと想いを伝えて、きちんと、お礼を言うのだ。

あの時に守ろうとしてくれて、ありがとう。

生まれ変わっても、守ってくれて、ありがとう。

この世界でも、あなたと会えたことに、私は心から感謝している。

だから、早く、早く……今すぐにでも、彼に会いたい。


ロザリンデは瞼を上げた。真っ先にベッドの天蓋が視界に飛びこんでくる。

意識を失って、こうしてベッドで目覚めるのは何度目だろう。

ベッドの横から愛しい人の声がした。

「目が覚めたのか」

「……ここは？」

「ノーアの城だ。全て終わって、お前を連れ帰った」

目尻に伝う涙を、優しい指でそっと拭われる。

「泣いているのか。怖い夢でも見たか？」

ロザリンデはかぶりを振ると、表情を曇らせたハイドリヒの手を取った。それを自分の頬に押しつけて答える。

「いいえ、怖い夢は見ていません……ただ、涙が止まらないだけです」

「……そうか」

「陛下、抱きしめてください」

両手を伸ばして請うたら、ハイドリヒはすぐに願いを叶えてくれた。

温かく優しい腕に包まれながら、ロザリンデは鼻を啜った。

「あなたが大好きです……あなたに会えたことに、私は……心から、感謝しています」

「いきなり、どうした。お前が、そんなことを言うのは珍しいな」

驚いているハイドリヒにぎゅっとしがみつくと、彼女はわななく唇を動かし、それを伝えた。

「……ずっと、私を守ってくれて……ありがとう……」

泣きじゃくるロザリンデを不思議そうに見たハイドリヒは、ふっと顔を綻ばせて「お前を守るのは、私の役目だからな」と、とても優しい声で言った。

第七章　これが本当のフィナーレ

再調査が行なわれて、ロザリンデの無実は証明された。

令嬢たちが口裏を合わせていたと白状し、首謀者はカサンドラだったことも判明して、彼女は貴族の身分を剥奪されて国内の修道院に送られた。

他の令嬢たちも厳しい謹慎処分を受けた。

また、アイリリスを攫ったジェイド王子については、公衆の面前でアイリリスを誘拐したことや、ネブラスカ王に重傷を負わせた点が問題になった。

しかし、当人が操られていた間の出来事を覚えておらず、ロドヴィクが魔法で彼を操っていたという事実も明らかになったために情状酌量となった。

とはいえ、あれだけ貴族の招待客がいる前でアイリリスを攫ってしまったのだ。

ほとぼりが冷めるまで、しばらく王都を離れて地方の都市に滞在し、謹慎するようにとノーア王から厳しい沙汰が出た。

ちなみに治癒魔法で回復したハイドリヒは、ジェイド王子から謝罪を受けた時、

「ジェイド王子。はっきり言って、私はお前が大嫌いだ」

そう言い放ち、訓練場で剣を合わせて、ジェイド王子が降参するまで叩きのめしたらしい。

それでも物足りないと言っていたので、今後ともジェイド王子への敵愾心は消えそうにない。

ただ、ハイドリヒも一国の王だ。

ノーアとネブラスカの関係を考慮した上で、王子に怪我を負わされたことは公に赦した。

容疑が晴れて名誉を回復したロザリンデはノーアの地を去り、ネブラスカへ帰ると、素性を公表して正式に婚約を発表した。

結婚式は、来春。

ハイドリヒと話し合い、余裕をもって準備をしようと話し合いの末に決めたことだった。

春を待ち遠しく思いながら、ロザリンデはハイドリヒの婚約者として日々を送った。

そして、ノーアから戻って約二ヶ月が経過した。


ネブラスカ城、ネブラスカ王のベッドルーム。

開け放たれた窓から爽やかな風が吹きこんでくる。夏の終わりなので、朝の風は爽やかで心地いい。

シーツの海を泳ぐように身動ぎをしたロザリンデは、隣にあるもふもふとした狼に顔を埋めた。

前足の間へもぐりこみ、肌触りのいい胸毛に頬を押しつけて二度寝に入ると、尻尾がぼすんぼすんとシーツを叩く音が聞こえてくる。

最初は無視していたが、いつまで経っても音がやまないので、ロザリンデは薄目を開けた。

「陛下……尻尾が、すごくうるさいです」

「グルル……」
「……唸り声で、応えないでください」
《もう朝だ。起きろ》
「もう少しだけ、寝かせてほしいです……今日は、久しぶりの休日ですし……」
《昨夜たくさん寝ただろう。まったく、仕方ないな。もう少しだけだぞ》
「……ちょっと、陛下……顔を、舐めないで」
《身体が勝手に動くんだ》
黒い狼が元気よく尻尾を振りながら顔をぺろぺろと舐めてくるものだから、ロザリンデは手で遮って寝返りを打った。
毛布を被って寝入ろうとすると、狼が甘えるように腕の下へ頭をもぐりこませてくる。
「私を寝かせる気、ないでしょう……」
《お前が相手だと、どうも自制が利かない》
「……前足で、ほっぺを押さないでください……ああ、でも……肉球が、柔らかい……」
「クゥーン……」
「ぐうっ……可愛く鳴きながら、パンチ、しないでください」
《肉球が柔らかいと言っていたから、もっと顔を押してほしいのかと》
「力の加減を、して……」
ロザリンデが、うつらうつらとしながら耳の後ろや顎を撫でてあげたら、彼がもっとしてくれと前足でアピールしてきた。

「……眠れない……」

《寝ていてもいいから、もっと撫でてくれ》

「無茶(むちゃ)を、おっしゃらないで」

《撫でろ》

終いにはそんな要求までしてきたので、口まで自制できなくなっていますよという言葉を呑みこみ、ロザリンデは降参した。

「……分かりました……分かりましたから、ほら……こっちにおいで」

寝返りを打って仰向けになると、狼が胸の上に顔を乗せてくる。

頭を撫でてやると心地よさそうに金色の目が細められて、ふさふさの尻尾がゆるりゆるりと横に揺れた。

——こうして甘えてくるのは可愛いんだけど……人型に戻ると、可愛いとは程遠いのよね。

ロザリンデは憂いを帯びた吐息をつく。

狼から人型に戻ったハイドリヒは、こんな甘え方はしてこない。

どちらかというと、ロザリンデを甘やかそうとしてくる。

彼は公私を上手に切り替えていて、使用人たちがいる前でスキンシップはしないが、そのぶん仕事が終わって夜になるとロザリンデを片時も離さなかった。

食事の時も、リビングで寛いでいる時も、それこそ湯浴みの時までロザリンデを解放してくれず、その流れでベッドに連れこまれる場合も多々あった。

そして獰猛な狼のようにロザリンデを組み伏せて、夜半まで執拗に愛撫をし、彼女がくたくたになるまで抱くのだ。

そういう時のハイドリヒは〝可愛い〟とはかけ離れている。

ふんふんと鼻を鳴らしてじゃれつく狼を撫でながら、ロザリンデは欠伸をした。

――この可愛い狼と、陛下って同一人物なのよね……ギャップが凄すぎて意味が分からないわ。

そんなことを考えながら微睡(まどろ)んでいると、いきなり癒し効果のあるもふもふが消失する。

可愛らしく甘える獣から人の姿に戻ったハイドリヒが、心地よい惰眠を貪るロザリンデに覆いかぶさって唇を重ねてきた。

予期せぬ攻撃に、ロザリンデがハイドリヒの背中を叩いていると、口が離れる。

「どうだ、眠気が醒めただろう」

艶のある黒髪を右手でかき上げたハイドリヒが、ぺろりと唇を舐めた。

ロザリンデは口を押さえながら彼に恨みがましい視線を送る。

「目は覚めましたが、朝からこういうことは……ふわぁ～……」

「まだ足りないか」

「え……ちょっ、むっ……んーっ！」

小さな欠伸をしただけなのに、ハイドリヒが唇に齧りついてきた。

彼は目を白黒させるロザリンデの手を取って指を搦めると、シーツに押しつける。

朝日の射しこむ部屋で淫らなキスをされて、ロザリンデは目元を薄らと赤く染めながら、あえかな声を零した。

「っ、ん……ん……はぁ……」

舌で口内をかき混ぜられると、じっくり身体に教えこまれたハイドリヒの愛撫を思い出してしまう。

ロザリンデがシルクのネグリジェに包まれた肢体をもじもじと揺らしたら、彼が喉の奥で笑って、胸の膨らみに手を添えてきた。

さっきまでは狼姿でそこに顔をこすりつけて甘えていたというのに、布越しに膨らみを包みこんでやわやわと揉んでくる。

「あっ……ま、待ってください。起きるのではなかったのですか？」

「気が変わった。昨夜は抱いていないからな」

「ですが、もう朝で……あっ、う……」

ネグリジェをたくし上げられて足の間を触られ、ロザリンデは言いかけた台詞を呑みこんだ。

昨夜は先に眠ってしまったので、ハイドリヒも手を出してこなかった。

それどころか、狼になって添い寝をしてくれた。

お蔭で存分に狼を抱き枕にしてたっぷりと睡眠を取れたが、寝すぎたせいで眠気が尾を引いている。

ハイドリヒはその気になったらしく、眠気を吹き飛ばそうと頭を振るロザリンデからネグリジェを脱がせた。彼女の太腿を横へ押し開くと、淡い茂みに覆われた秘部に顔を埋める。

ざらざらの舌で媚肉を舐め上げられ、ロザリンデはピクンッと身を強張らせた。

「っ……陛下……舐めるのは、やめてくださ……ひ、うっ……」

敏感なところを舌で愛撫されると、気持ちがよすぎて乱れてしまうのだ。

ロザリンデは太腿を閉じようとするが、ハイドリヒが身体を割りこませてきた。

秘裂を舌先でなぞられ、ぷくりと膨れ始めた花芽を指の腹で弄られる。熱い吐息が漏れた。

「っ、あ……んんーっ……」

丁寧で巧みな舌遣いに官能の炎が灯って、じわじわと大きくなっていく。

とろりと愛液がしみ出していくのが自分でも分かった。

ロザリンデは両手で口を塞いだ。

こんな朝から、はしたない声を上げるわけにはいかない。

ハイドリヒが舌を蜜口に挿しこんで隘路をほぐし、同時に秘玉も愛でながら身体を繋げる準備を整えていった。

ほどなく長い指が蜜口に深々と埋没されて、ぐちゅぐちゅと濡れた音が響く。

「んっ……はぁ、はっ……あ、ぁっ……！」

淫芽にも吸いつかれて指の動きが速くなった。

焦らされることもなく、ロザリンデは小刻みに震えながら達する。

感じきった胎の奥から蜜液がとぷりと溢れて、口元を拭ったハイドリヒが起き上がった。

彼はロザリンデを艶然とした面持ちで見下ろすと、寝巻きのシャツを脱ぎ捨てて下衣を寛げ、怒張した逸物（いちもつ）を取り出した。

そして、ベッドの上から逃げようとするロザリンデの足を掴んだ。

「ロザリンデ、逃げるんじゃない」

「……朝から、されると……昼過ぎまで、動けなくなってしまいます」

「今日は治療室も休みなのだろう。構うものか」

ずるずると元の場所まで引き戻され、うつ伏せのまま腰を持ち上げられて硬い男根が入ってくる。

「あぁっ……」

ロザリンデの臀部と彼の引き締まった太腿がぶつかる音がして、太い楔が一気にずんっと最奥まで打ちこまれた。間を置かずに、ゆるゆると揺さぶられる。

——もう、だめ……これは、しばらく解放してもらえない。

そんな予感を抱きつつ、ロザリンデは肩で息をしながらシーツを握りしめた。

緩やかに腰を揺すっているハイドリヒが身を屈めて、シーツに突っ伏しているロザリンデからネグリジェを脱がせた。豊満な乳房を両手で包みこんで揉み始める。

「んっ、んっ、はぁ……」

「ロザリンデ……顔をこっちに向けろ……ん」

指示に従うと、ハイドリヒにキスをされた。舌先をぬるぬると淫蕩にこすり合わせる。

薄手のカーテンがたなびいて、窓から吹きこむ風が火照った肌を撫でていった。

ハイドリヒがロザリンデのくびれた腰に腕を巻きつけて、硬く反り返った陰茎を出し入れする。

「あっ、あぁ、あっ……」

「朝日の中で、私に抱かれるお前は……とても、美しい」

耳の横でハイドリヒがそう囁き、胸を優しく揉みながらほんのり赤く染まった耳朶を甘噛みしてきた。

与えられる快楽に屈したロザリンデは震えた声で請う。

「んんっ……陛下、っ……そっちを、向きたい、です……」

抱きつきたいのだと訴えたら、ハイドリヒが雄芯を一旦抜いた。

ロザリンデを仰向けにひっくり返し、太腿の間に腰を入れて覆いかぶさってくる。

――もっと、彼の体温を感じたい。

ロザリンデは筋肉質な身体に抱きつき、彼の魅惑的な唇に吸いついた。

描く口を押しつけていたら、ロザリンデを抱き返したハイドリヒの腕に力がぐっと籠もった。

しとどに濡れた蜜路に先走りを垂らす剛直が押し当てられ、そのまま一息に奥まで突き上げられる。

その衝撃で、ロザリンデは艶めかしい裸体を反らした。

「っ、は……あ……」

「……ロザリンデ……っ」

ぎりぎりまで抜かれた肉槍が、ずぷんっと淫猥な音を立てて根元まで挿しこまれる。

大きな両手で乳房を揉まれて先端を摘まれた。

「あ、っ、あぁ……」

乱れるロザリンデを、欲望に濡れた金色の瞳が視線で犯していく。

ハイドリヒの動きに合わせてベッドがギシッ、ギシッと揺れていて、硬い逸物を絞り上げようと締まる蜜洞が激しくこすりたてられた。

「陛下、っ……陛下っ……もう、きてっ……」

これ以上は我慢できない。気をやってしまう。

熱のうねりに耐えかねて限界を訴えたら、ハイドリヒが呼吸を荒らげてロザリンデの唇に齧りつく。

奥をつつく雄芯の勢いが増して、ベッドの軋む間隔が短くなっていき、ギッ、ギッとマットレスが小刻みに揺れた。

やがて熱の奔流に見舞われ、ロザリンデは尾を引くような嬌音を上げた。

「あぁあ、あーっ……！」

ロザリンデが法悦の境地に至ると、ハイドリヒが息を止めて腰をずんっと打ちつけた。

先端が子宮口にめりこんで、このまま孕めとばかりに子種がどくどくっと注がれていく。

——ああ……お腹の奥で、熱いものが……。

ハイドリヒが腰を揺らして吐精している間、ロザリンデは身体を反らして声もなく震えていた。

大きく息を吐いたハイドリヒが、脱力して上に乗ってくる。

ロザリンデは彼の重みを受け止めると、力の入らない両腕を巻きつけた。

「ん……陛下……」

「ロザリンデ……すごく、よかった」

呼吸が整った頃に、戯れるみたいに唇の表面を押し当ててキスをしながら、ハイドリヒが囁く。

「もう一度、抱きたい」

「……続きは、夜ではだめですか……？」

「今がいいんだ。熱も治まらない」

硬さを取り戻した雄芯を押しつけられて、ロザリンデは憂いの表情を浮かべた。

「……陛下、最初から、こうするつもりだったんですね」

「何のことだ？」

「陛下も、今日は執務を休むと言っていたでしょう……私を、ベッドから出すつもりがないのでは、と」

「考えすぎだ。しかし、そうか……私にそうしてほしかったのなら、そう言えばいいものを」

ハイドリヒが目を細めながら口角を持ち上げた。

ロザリンデは薔薇色の瞳をパチパチと瞬かせて、勢いよく首を横に振る。

「違います。私は、そういう意味で言ったわけではなく……」

「いいだろう。ならば今日は、お前を私だけのものにする」

ハイドリヒが呪文を唱えて指をパチンと鳴らすと、ロザリンデの足首に小さな宝石の嵌まった足環（アンクレット）が現れた。

足環からは細い鎖が伸びていて、ハイドリヒが犬のリードのように握っている。

——こ、これは何なの？　鎖が繋がっているし、まさか足枷？

「以前、足枷が欲しいと言っていたからな。さすがに魔法の檻に閉じこめるのは良心が咎めた。また次の機会にしよう」

「次の機会はありません！　また、こんなことに魔法を使ったんですね。足枷も檻も反対です」

足環は金属製だったが、内側には肌を傷つけないためのクッションがついていた。

「暴れても大丈夫だ。お前の肌を傷つけない。ただし、私の許可なくどこへも行けないがな」

「すぐに外してください」

「だめだ」

ハイドリヒが足環の鎖を引っ張って、口を尖らせるロザリンデにちゅっとキスをした。

「今日一日、私がお前を独占する。誰にも会わせない」

「っ……それは無理でしょう。それに、今日はコーネリア様とケーキの食べ比べをする約束が……」

「ロザリンデ」

ハイドリヒが声のトーンを落とし、つらつらと言い募ろうとするロザリンデを遮った。

「私が本気になれば、お前を外界と一切接触できないようにすることもできる。部屋全体に、空間を遮断する魔法をかけてしまえばいいだけなのだから」

ロザリンデを見つめる金色の瞳に、昏い影がふっと過ぎる。

ハイドリヒが呪文を唱えて指をパチンと鳴らすだけで、それは実行できてしまうのだろう。

身震いしたロザリンデは足環とハイドリヒの顔を見比べて、がっくりと肩を落とした。

――そうだった……ここのところ平和だったから忘れていたけど、彼って私を束縛したがる傾向があるんだった。初めて口説かれた時も、閉じこめたいって言われたものね……。

「……分かりました。陛下のお好きになさってください。コーネリア様にも、あとで連絡します」

「分かればいい。これでも私は、だいぶ譲歩してやっているんだ」

――譲歩？　これが？

ロザリンデが物言いたげに足環を見つめていたら、ハイドリヒが満足そうに彼女を押し倒した。

二人一緒にベッドに沈んで、素肌をぴったりくっつけながら唇を重ねる。

「どのあたりが、譲歩なのですか？」

「お前は知らないかもしれないが、私は日頃から目を瞑ってやっている。お前の好きなことをさせてやっているし、誰と接しても、寛大に許している」

「寛大に、許してくださっていたのですね」

「そうだ。先ほども言ったように、本気を出せばお前を私だけのものにすることは簡単だ。しかし、私はそうしない」

「どうしてですか？」

「お前が幸せそうだから」

ロザリンデが口を噤むと、ハイドリヒは甘える狼のように顔をすり寄せてくる。

「私は生き生きと働いているお前を見るのが、好きだ。色んな者たちに囲まれて楽しそうにしている姿を見るのも、好きだ。たまに心底腹立たしい時もあるが……お前が幸せなら、私の感情は後回しでいい」

「陛下……」

「私が望むままに閉じこめてしまえば、お前はきっと笑いもしなくなる。それは私の本意ではない」

ハイドリヒはロザリンデの目を覗きこむと、愛おしげに頬へ口づけてきた。

「私の願望よりも、お前の幸せが最優先だ。お前を害する者がいれば、私が排除する。お前が危険な目に遭ったら、私がすぐ助けにいく」

そして、と彼は声を和らげて続ける。

「今が幸せなら、私がそれを守る――ロザリンデ、私の愛する人」

――ずるい……そんなことを言われたら……私はもう、何だって許してしまいたくなる。

ロザリンデは瞳を潤ませたが、ぐっと呑みこんだ。

「今日は陛下の言うことを聞きます。何でもおっしゃって」

「何でもいいのか？」

「ええ」

「分かった。それならば――」

私とお前の子供を作りたい。

ハイドリヒが囁いた願望を聞き、ロザリンデは耳まで赤くなったが、了承するように頷く。

上機嫌で笑ったハイドリヒが口に吸いついて、性急に身体を繋げて揺さぶり始めても、ロザリンデは彼への愛おしさを胸に宿しながら大人しく身を委ねていた。


季節は、あっという間に過ぎていった。

ネブラスカに厳しい冬が訪れて、そろそろ春の気配を感じ始めた頃。

魔法省の一室にて、ロザリンデは神妙な面持ちで王の側近たちと向き直っていた。

「どう思う？」

「僕に話を振らないでくださいよ。その手の話は疎いんです」

「じゃあ、ピカロさんは、どう思われますか？」

「陛下はきっとお喜びになると思うわ。私だって飛び上がりたいほど嬉しいから」

ピカロが満面の笑みを浮かべながら頷いてくれて、ロザリンデはほっと胸を撫で下ろす。

「ええ、喜んでくださいますよね。問題は、どう切り出せばいいかということで……」

「直球でいいんじゃないですか。悩むことじゃないと思いますけど」

「そうなんだけど……陛下、私に大事な話があるみたいなの。今朝、そう切り出されて、私も言い出す機会を逸してしまったのよね」

「陛下から話？　ああ、そのことなら――」

「その時に、ウィステリア嬢も陛下にお話しすればいいわよ。ね？」

ピカロが何か言いかけるシュトーの口を塞いで、にっこりと笑った。

ロザリンデは不思議そうに二人を見てから「そうすることにします」と応えた。

部屋を後にして、治療室に向かうのではなく、ロザリンデはぶらりと庭園に向かった。

春めいてきた日射しを浴びながらベンチに腰かけて、ドレスのポケットから手紙を取り出す。

それは、アイリリスから送られてきた手紙だった。

アイリリスは謹慎処分となったジェイド王子に付き添い、今は彼の支えとなっている。

手紙には日常の出来事や、ジェイド王子とのやり取りが流麗な筆跡で書かれていて、ロザリンデは文面に目を走らせながら頬を緩めた。

――私も、アイリリスに報告しなくちゃ。

手紙を封筒にしまってお腹を撫でていたら、不意に垣根がガサガサと動く。

そして、角の生えた少年と少女がぴょこんと顔を出した。

「レイにルナ！　久しぶりね。城に帰っていたの？」

「ついさっき戻って、ハイドリヒに挨拶してきたところだ」

「ロザリンデ、久しぶりですね。元気そうでよかったです」

レイとルナが近づいてきて、ロザリンデを挟むようにしてベンチに腰かける。

ルナは神殿で目覚めたあと、レイと同じようにドラゴンの本体を光の神殿の奥で眠らせて、少女の姿のままネブラスカへやってきた。

そこでレイと感動の再会を果たし、今の世界を自分の目で見てみたいと言って、レイと一緒にネブラスカとノーアを周る旅に出ていた。ちょうど戻って来たらしい。

もともとは番いだったというから、旅に出る直前も仲睦まじく手を繋いでいるのを見かけた。

ルナが首を傾げて、何かに気づいたように顔を輝かせる。

「ロザリンデ、おめでとうございます」

出し抜けに祝いの言葉をかけられて、ロザリンデが目を瞬いていたら、レイも相好を崩した。

「そういうことか。おめでとう」

「ありがとう……って、もしかして分かるの？」

「分かるさ。新たな生命（いのち）の息吹を感じる」

「ええ。とても小さくて、愛おしい生命の気配がします」

光のドラゴンと、闇のドラゴン。

この世界で畏怖の対象である彼らは、ロザリンデのお腹に手を添えて嬉しそうに顔を見合わせる。

「もし男だったら、わしの加護を与えよう」

「女の子だったら、わたしが加護を与えます」

ロザリンデは満面の笑みを浮かべると、レイとルナを両手で抱き寄せた。

ドラゴンの加護を約束されているのならば、きっと幸福な人生を送れるに違いない。

抱擁されてやたらと嬉しそうなルナと、照れくさそうに身を離すレイと別れて、ロザリンデはハイドリヒの執務室へ向かった。

「陛下、こちらにいらっしゃいますか？」

「ロザリンデ。ちょうどよかった。これからお前を連れにいこうと思っていたところだ」

執務椅子に腰かけて思案顔をしていたハイドリヒが立ち上がり、ロザリンデの手を取って城の最上階へと連れていく。

ネブラスカの城下町が見渡せるテラスへ案内され、ロザリンデが眼下の光景に目を奪われていたら、ハイドリヒが小さく咳払いをした。

「ロザリンデ。大事な話があるんだ」

「はい。何でしょうか」

「お前に、まだきちんと言っていなかった」

「？」

不思議そうに彼を見上げたら、ハイドリヒがジャケットのポケットから四角い箱を取り出した。

ロザリンデの前で片膝を突くと、箱の蓋を開けて美しい指輪を見せてくる。

「ロザリンデ・ウィステリア。この先一生、お前だけを愛すると誓う。どうか、私と結婚してほしい」


突然のプロポーズに、ロザリンデは驚きのあまり言葉を失う。

ハイドリヒが指輪を取り出し、ロザリンデの右手の薬指に恭しく嵌めてくれた。

指輪に嵌まった宝石は、ハイドリヒの瞳の色と同じ、琥珀だった。

ハイドリヒが自分の指に嵌めた指輪には、ロザリンデの瞳の色と同じ、紅玉(ルビー)がついていた。

「この世界には、結婚する時に指輪の交換をするという習慣がない。だが、折角夫婦となるからには、揃いの指輪をするのもいいかと思ったんだ」

「わざわざ用意してくれたんですね……」

ロザリンデは指輪の嵌まった手を胸に押しつける。胸がいっぱいで、泣きそうになった。

「とても嬉しいです。私を、あなたの妻にしてください」

「ああ。私のもとに、嫁に来い」

「嫁に来いって……その言い方は〝前世風〟ですね」

「確かにそうだな」

「陛下。あなたの、お嫁さんにしてください」

改めて言い直したら、ハイドリヒが額に口づけてくる。

「もちろんだ。しかし、夫婦となるからには、そろそろ名前で呼んでくれ」

「……ハイドリヒ、様……慣れるまで時間がかかりそう」

「ノーアへ行った時、ジェイド王子に紹介する時は普通に呼んでいただろう」

「あれ、そうだっけ」

ロザリンデが首を傾げてとぼけると、彼の眼差しが鋭くなった。

「今、とぼけただろう」

「とても綺麗な琥珀の指輪ですね」

「誤魔化すな」

「あの時は、そこまで意識していませんでした。改めて名前を呼ぶとなると緊張するんです」

「練習だ。もう一度、呼んでみろ。呼ぶまで、私の側から離さない」

「……ハイドリヒ、様」

半ば強引に言わされた形だったが、よくできましたとばかりに、キスを一つ奪われる。

ロザリンデは柔らかい感触の残る唇をなぞり、ほの赤い顔で吐息をつく。

「陛下は優しいように思えて、強引で遠慮がありませんよね。何かと拘束しようとするし」

「別に、大したことではないだろう。私はこれでも我慢してやっているんだぞ」

「足枷も？」

「あれは最高だった。私の許可がなければ、お前は何もできなかったからな」

「……前から気になっていたんですが、もしかして陛下って、ヤンデレなドSの気があるんですか？」

「ヤンデレな、ドS……久しぶりに聞いた言葉だな」

「意味が通じるのはあなただけです。まだまだ、他にも言いたいことがあるんですよ」

「どうせ悪口だろう」

「いいえ」

ロザリンデはムっとするハイドリリヒの首に腕を巻きつけ、彼のいいところを上げていく。

「陛下は格好よくて、強くて、私が危険な目に遭うたびに助けてくれます。頼りがいのある国王陛下で、真面目にお仕事されている姿に、よく見惚れていました。私がお腹を空かせていると、すぐに料理を用意してくださったり、私が眠くてうとうとしていると上着をそっとかけてくれたり……他にも数えきれないほどあります。あ、それから、狼のあなたはとっても可愛い」

ロザリンデがにっこりと笑いかけると、ハイドリリヒがわざとらしく渋面を作った。

「私を褒め殺しにして、どうするつもりだ。何か魂胆でもあるのか？」

「あれ、バレましたか。実は欲しいものがあります」

「欲しいもの？」

「赤ちゃん用の、ゆりかごを一つ」

ハイドリリヒの動きがぴたりと止まった隙に、ロザリンデは彼の手を取ってお腹に当てた。

「この世界でまた一つ、大事なものができました。あなたが欲しがっていたものです」

「子供が、できたのか？」

ロザリンデがこくりと頷いたら、ハイドリヒが彼女の脇の下に手を入れて持ち上げた。

思いっきり高い高いをされて、それから息ができなくなるほど強く抱きしめられる。

「よくやった、ロザリンデ！　私とお前の子供か……また、愛しいものが増える」

「ええ」

「子供用の玩具や、部屋も用意しないと」

「そうですね」

「それから、あとは………」

ハイドリヒの言葉が途切れて、ロザリンデが目線を上げたら、彼の頬に涙が伝っていた。

「陛下、泣いていらっしゃるわ」

「っ、見るな」

視線を遮ろうとするハイドリヒの手を避けて、ロザリンデは指の背で涙を拭ってあげる。

「どうされたのですか？」

「……この世界で、私がこんな幸せを手に入れられるとは、想像もしていなかったんだ。長いこと、私には家族もいなかった……だから、私たちの子供ができたのが、あまりに嬉しくて……すまない。情けないところを――」

ロザリンデは、彼が最後まで言い終える前に抱き寄せた。

「私も嬉しいです。だって、私も……この世界には、心を許せる家族がいなかったから、あなたの気持ちがよく分かるんです」

これから夫婦となって、家族にもなる二人は、互いの顔を覗きこんで優しいキスをした。

ハイドリヒがすぐに身を離し、こちらに背中を向けて目元を拭う。

ロザリンデは指に嵌めてもらった指輪を眺めて、気づかないふりをした。

「ロザリンデ」

「何でしょう」

「――お前を愛している。この先、何があっても、ずっと」

涙を拭い終えて、肩越しに振り向いたハイドリヒが口の片端を持ち上げた。

初めて見た時から、何度もどこかで見た覚えがあると感じていた、とても魅力的な笑い方。

その瞬間、ロザリンデの頭の中にフラッシュバックのように、いつかの記憶が駆け巡った。


『――お前が好きだよ。この先、何があっても、ずっと……』


今のハイドリヒと、全く同じ笑みを浮かべた男性の顔が一瞬だけ――まるで奇跡みたいに蘇った。

ほんの小さな、記憶の欠片。

それ以上は思い出すことができないのに、その男性が誰なのか分かったロザリンデは、きつく唇を噛みしめた。

見覚えがあるのは当然だ。

ずっと昔に、大好きだった人が、よくそうやって笑っていたのだから。

記憶を消されて、全てを思い出すことはできなくても、ロザリンデは大切な人のことを、どこかで覚えていたのだ。

——ああ、あなたなのね、と。

ロザリンデはかすかに唇を動かし、かけがえのない大切な人に抱きつくために足を踏み出した。

前世で命を落としてから、長い年月が経っていた。

この世界で再会し、理不尽を乗り越えて再び恋人となった二人を分かつものは、もうないだろう。

エピローグ

人生の最期の瞬間を覚えている。

空から落ちてくる鉄骨に気づいた瞬間、彼は恋人のもとに駆け出した。

頭で考えたわけじゃない。大事な人を守らなくてはいけないと、身体が勝手に動いたのだ。

必死に手を伸ばし、指先が恋人に触れて腕の中に抱き寄せることができた。

でも、それだけ。

そこで、終わり。

白い空間の中で目が覚めた時、謎の声が聞こえて「新しい人生を送ってみないか?」と尋ねてきた。

恋人と共に、自分も死んだのだと理解した彼は答えた。

「送りたい。だが、彼女も一緒がいい。次こそ、一緒に人生を送りたいんだ」

「心配するな、恋人も一緒だ。ただ、別々の場所で生まれることになるだろうが」

「それでも構わない」

「生まれ変わるには代償が必要となるぞ。今のおぬしにとって、大切なものを捧げなくてはならない」

「大切なもの……?」

「それが何なのかは、転生してみなくては分からない。だが、このまま死ぬよりマシだろう」

その通りだ。死んでしまったら全てが終わる。

彼女と共に生きることのできる可能性があるのなら、それを選ぶべきだ。

「……分かった……だが、新しい人生でも、彼女のことを分かるようにしてくれ……ずっと、覚えていたいんだ……それで、私から会いにいく」

そう要求すると、謎の声はしばし黙ったが、

「うむ。ならば記憶は残せるように、努力してみよう」

彼は「それでいい。頼む」と応えた。

これで、会話は終わり。

彼は、ハイドリヒ・ベルンシュタイン・ネブラスカとして生まれ変わった。

その人生では、幾度となく理不尽でつらい思いをさせられたが——前世の恋人に再会した時、無邪気で稚いロザリンデに、ハイドリヒは再び恋をした。

人の温もりを忘れていた彼を抱擁し、優しさをくれた彼女が愛おしくて、ただ幸せになってほしかった。

他の女性には目もくれず、ロザリンデが手元に来てからは命の危機に陥るたびに駆けつけた。

前世の自分に関する記憶が全て彼女の中から消えていたことで、ハイドリヒは代償として〝前世の恋人〟を失ったことにも気づいていたが、それでも構わなかった。

前世の人生は、もう終わった。

つらい過去を背負う、ハイドリヒとして生きる自分を愛してくれたら、それでよかったのだ。

ジェイド王子の凶刃に命を刈られようとしていた彼女を見た時は、身体が勝手に動いた。

魔法を使う。剣を投げつける。

ジェイド王子を止めるには幾らでも手段があったはずなのに〝守らなくてはいけない〟ということしか頭になくて、ハイドリヒは前世で命を落とした時のように、自分の足を動かして彼女のもとに走った。

ロザリンデを腕の中に隠し、背中を斬られようが、肩を貫かれようが、けっして彼女を離さなかった。

今度こそ、失うわけにはいかなかったから。

思えば、長い旅路だった。

何しろ人生を一つ終えて、また一からやり直したのだ。

彼女に対する愛おしさは時を重ねるにつれて募っていき、半ば執着に近い感情になっていったが、それがひたむきな愛情であることに変わりはなかった。

ハイドリヒは、長い年月の果てに恋人と結ばれて、幸せな家族を手に入れた。

◆

時は流れて、ネブラスカ城内には賑(にぎ)やかな声が響いていた。

「お父さま、お父さま！　レイったらひどいのよ！　空の飛びかたを教えてくれないの！　ルナは、レイにきけって言うばっかりだし！」

執務室に駆けこんできた王女アイリが、憤慨したように叫んでいる。

ピカロや書記官たちが苦笑しており、ハイドリヒは椅子から腰を上げて娘を抱き上げた。

「レイヤルナは翼があるから空を飛べるが、お前は翼がないだろう。シュトーに教えてもらえばいい」

「シュトーはね、シュトーはっ……だめなの。きけないの」

ロザリンデの親友アイリリスから名前をもらったアイリは、母親譲りの薔薇色の目を伏せて、頬を染めながらもじもじしている。

王室付き魔法使いのシュトゥルムに、アイリは恋をしているのだ。

顔を顰めたハイドリヒは側近たちに目配せし、王女を抱いて執務室を後にした。

「ならば、飛翔の魔法を私が教えてやる。弟はどうした？」

「レオンなら、お菓子を持ってお母さまのところへいったわ。治癒魔法について教えてもらうって」

「お菓子？　賄賂か」

「そう、わいろよ。お母さまがお菓子に目がないから……我が弟ながら、ずるがしこいわ。お母さまが忙しくてなかなか魔法を教えてくれないからって、お菓子をわいろにするなんて。見習わなくちゃ」

ハイドリヒがませた口を利く娘の言動に笑っていたら、廊下の向こうから息子のレオンが歩いてくる。

「あ、お父さま！　お母さまがひどいんです。お菓子だけ食べて、魔法をおしえてくれないんですよ」

ハイドリヒ譲りの金色の目を持つレオンが走ってきて、姉とそっくりな膨れ面をして腕組みをした。

「そんなに忙しいのかなぁ。さぼってお菓子を食べていたのに」

「ロザリンデは治療の合間に休憩をとっているんだ。分かってやれ」

レオンの頭をくしゃりと撫でてやっていると、今度は母親本人が廊下の向こうからやってきた。

「レオン！　少し時間が空いたから教えてあげるわよ。おいで」

「えっ、本当？」

「わたしもお母さまに教えてもらいたい！」

レオンが母親――ロザリンデに駆け寄って抱きつく。

大人びた口を利いていても、まだ甘えたがりな年齢なのだ。

ハイドリヒがアイリを抱いたまま近づいていくと、ロザリンデが腕を伸ばして抱擁してきた。

「ハイドリヒ様、癒しが足りません。あとで存分に癒してください。例のもふもふで」

「ああ、仕事が終わったらな」

「わたしも、お父さまにもふもふしたい！」

アイリが勢いよく挙手をして、レオンも姉に釣られたように手を挙げる。

ロザリンデの前で狼姿になるのは問題ないが、子供たちに撫でられて、心地よさのあまり腹を出すような事態に陥ったら目も当てられない。

それこそ父親の威厳が失われてしまう。

ムッと顔を顰めるハイドリヒに、ロザリンデがくすくすと笑って子供たちの頭を撫でた。

「じゃあ、アイリとレオンも、お父様にもふもふしましょうね」

元気よく返事をした娘と息子が期待の眼差しを向けてくるので、ハイドリヒはため息をつく。

どうやら逃げられないようだ。腹を括るしかあるまい。

ハイドリヒは身を屈めて妻の頬にキスをすると、抱えていたアイリを降ろした。

すると、弟に倣うようにアイリもロザリンデにぴったりとくっついた。

最愛の妻、そして、彼の血を引く可愛い娘と息子。

ハイドリヒは目の前の光景がとても貴いものに思えて、思わず妻を抱きしめた。心の中で呟く。

ああ、私は幸せだと。

この日の夜、仕事を終えたロザリンデと子供たちに捕まったハイドリヒは、狼の姿で存分にもふもふされて、案の定ころんと腹を出すことになるが——それもまた、笑顔に溢れた幸せなひとときになった。

闇の王ハイドリヒ・ベルンシュタイン・ネブラスカ。

前世で多くを失い、この世界で恵まれない人生を送った彼がようやく手に入れたものは、どんな宝物よりも価値がある、かけがえのない家族（しあわせ）だった。

あとがき

こんにちは、蒼磨奏と申します。ガブリエラブックス様では、はじめまして。

初めてのレーベルなので、ドキドキしながらあとがきを書いています。

今回は、ガブリエラブックス様のコンセプトとして転生モノなどが好ましいとのことで、一度は書いてみたかった悪役令嬢モノで案を出させてもらいました。

いざプロットを組んでみたら、設定を作りこみすぎて、プロット段階で三万字くらいになりまして……A4用紙で大よそ二十枚近く……今思うと、担当さん、よく読んでくれましたね……。

そこから細かいアドバイスを貰いながら、二回くらい大幅にプロットを書き直し、本文も内容を詰めこみすぎて何度か書き直して……と、今回の原稿はだいぶ長期戦でした。

担当さんのアドバイスがなければ、ここまでうまく纏まりませんでした。

ゲームの中の悪役令嬢に転生して、自分を断罪した相手をぎゃふんと言わせる、という悪役令嬢モノのテンプレをストーリーの大筋に組みこみつつ、恋人が二人同時に死んで転生する設定はそこまで見かけないということで、ロザリンデとハイドリヒのキャラクターを作り上げました。

ずっと書きたかった狼ヒーローと、もふもふも入れることができて嬉しいです。

普段は隙がないヒーローですが、狼になった途端、大好きなヒロインに撫でられただけで嬉しさのあまりあっという間に腹を出します。

特典ＳＳも後日談で２本書かせていただきまして、そのうち１本が狼編です。

もう１本は家族編ですが、そちらもヒーローのギャップをお楽しみいただけるかと思います。


イラストは、鈴ノ助先生が描いてくださいました。

鈴ノ助先生のイラストは学生の頃から大好きで、今回こうしてご一緒できて感無量です！

キャラクターの雰囲気にぴったりな美しいイラストを、本当にありがとうございます。

また、転生モノを書くにあたり、その手の作品に詳しい友人Ｍと弟に、かなり助けてもらいました。

私の本棚の一角を占領するくらい大量の転生モノの漫画を貸してくれてありがとう、弟よ。

ガブリエラブックスで書いてみないかとお声かけくださった担当さんや、編集部の皆さんも、本当にありがとうございます。

特に担当さんには、何から何までお世話になりまして、アドバイスとても参考になりました。

そして、いつも応援してくださる読者の皆様には、感謝の気持ちでいっぱいです。

また、どこかでお会いしましょう。

ここまで読んでくださり、ありがとうございました！

蒼磨　奏

ガブリエラブックスをお買い上げいただきありがとうございます。
蒼磨 奏先生・鈴ノ助先生へのファンレターはこちらへお送りください。

〒110-0016 東京都台東区台東4-27-5 (株)メディアソフト
ガブリエラブックス編集部気付 蒼磨 奏先生／鈴ノ助先生 宛

MGB-038

乙女ゲームの悪役令嬢に転生したら、ラスボスの闇の王に熱烈に口説かれました

2021年8月15日 第1刷発行

著者 蒼磨 奏（あおま そう）

装画 鈴ノ助（すずのすけ）

発行人 日向晶

発行 株式会社メディアソフト
〒110-0016
東京都台東区台東4-27-5
TEL：03-5688-7559 FAX：03-5688-3512
http://www.media-soft.biz/

発売 株式会社三交社
〒110-0016
東京都台東区台東4-20-9 大仙柴田ビル2階
TEL：03-5826-4424 FAX：03-5826-4425
http://www.sanko-sha.com/

印刷 中央精版印刷株式会社

フォーマットデザイン 小石川ふに(deconeco)

装丁 齊藤陽子(CoCo.Design)

ISBN 978-4-8155-4061-6